偏爱

Only Love

夏七夕 著

CnS 湖南文艺出版社
HUNAN LITERATURE AND ART PUBLISHING HOUSE

博集天卷
CS-BOOKY

Only ♥ Love 目录

C O N T E N T S

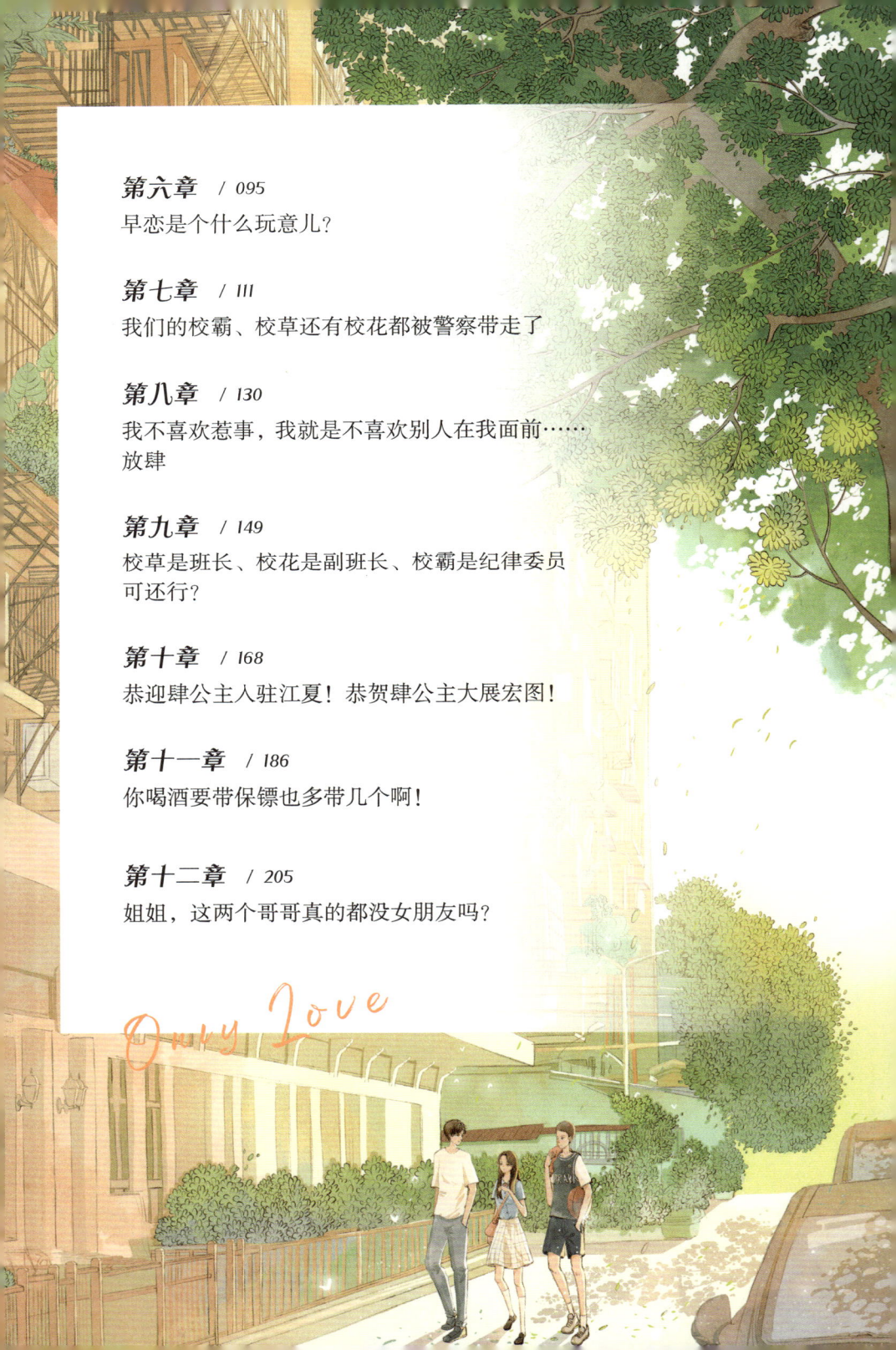

Only Love

第一章

这帅哥多少有点
不知好歹了

◇

湘城的夏天，不是连日暴晒，就是连日阴雨。

不过细雨绵绵并不耽搁飞机行程，下午五点，从瑞士起飞到京城转机，最终飞往湘城的飞机按部就班，在湘城机场准时降落。

经过了近二十小时的飞行，加上连日的劳累和伤心，温倾铭的眼圈泛着淡淡的青色。

飞机落地时，他从行李架上拿下行李箱，看着旁边同样神色恍惚的女生，轻声叫道："阿肆，走了。"

程肆站起身，听话地跟着他走下飞机，怀里抱着她妈妈的骨灰盒。

这一路，他们几乎都没说什么话，温倾铭知道外甥女心里的难过不是短时间用言语就可以抚平的，失去至亲的伤痛或许只能在以后漫长的岁月里逐渐愈合。他自己亦是如此。

姐姐温静懿英年早逝,对他,对自己的"白发人送黑发人"的父母,对尚未成年便失去生母的外甥女来说,都是往后的岁月里漫长的苦痛。

司机和助理早已候着。

刚坐上车,助理就忙不迭地开始向他汇报工作。

程肆一路都犹如一个布娃娃一样安静。想起外甥女曾经的乐天开朗,温倾铭特别心疼,希望回来以后,她能慢慢调整过来。助理贴心地提前准备了吃的,但程肆毫无胃口,在温倾铭说多少吃一点后,她才因不想让舅舅过于唠叨,拿起筷子有一口没一口地吃着。

回到家,温倾铭把她送到门口说:"你回去休息一下,睡不着就去我那边待着。"

程肆乖巧地点头:"舅舅你去忙吧,我没事。"

温倾铭看了下手表说:"好,去吧。"

程肆转身回了自己家里,温倾铭也推开对面屋子的门。

这是温家早就置办好的房子。温家大女儿温屿彤早早地嫁去了瑞士。所以温家二老分别在这个小区里给二女儿温静懿和小儿子温倾铭各置办了一套房,平时两人都有自己的住处。温静懿和程东来结婚后,一直住在程东来买的别墅里。温倾铭本身住在离公司不远的另一个高级小区,但因为温静懿离婚后搬来这里,他担心姐姐和外甥女两人住着不太安全,索性也搬了过来一起住。

回国前,温倾铭已经安排了余姨过来打扫。

所以房子跟一年前离开时几乎一模一样,一尘不染,充满了宁静又熟悉的气息。

程肆抱着骨灰盒走进妈妈的房间,梳妆台上整整齐齐地摆着她妈妈平日用的护肤品，衣帽间里井井有条地挂着妈妈的衣服，仿佛妈妈从来不曾离开一样，程肆的眼泪瞬间跌落。

之前怕外公外婆难过，程肆不敢当着他们的面哭，现在在妈妈的房间里，空气里弥漫着妈妈喜欢的佛手柑的味道，她终于不再控制自己。

她抚摸着骨灰盒，低声喊着："妈妈，妈妈……"

可是房间里，再也没有人应她。

连日的伤心和压抑，导致她许久没有好好睡一觉了。

回到熟悉的地方，抱着妈妈的骨灰盒躺在她的床上，哭累了，她不知不觉就睡着了。

晚上九点，温倾铭处理完工作。

锅里有余姨提前炖好的银耳莲子汤。不知道程肆会不会饿。

他去对面喊程肆，却发现程肆在姐姐的床上，抱着姐姐的骨灰盒蜷缩着睡着了。

他顿时有些心酸，他走过去想把温静懿的骨灰盒拿过来放在桌上，但想了想又没动，这是程肆目前唯一的慰藉了。

这些日子，他没睡好，程肆只会比他更脆弱、更累。

最后他轻手轻脚地帮程肆盖好了被子，把空调风调小，走出了房间。

程肆睡了一个安心而漫长的觉。

醒来时，她甚至有些迷茫，自己为什么在妈妈的床上对着空气喊了声"妈妈"……

可当她低头看到手边的骨灰盒时，所有记忆瞬间归位。她愣了一下，才抱着骨灰盒站起身，将它放置在温静懿的梳妆台上，轻轻地摸了摸，又恍惚地站着看了一会儿，最后才平静地回到自己房间洗脸刷牙。

洗漱完后，她抬眼看了下屋里的钟，已是中午十二点了。

恰好温倾铭过来喊她吃饭，看到她起床他舒了口气："终于起了？过来吃中饭。"

她跟着温倾铭去他家里，余姨已经做好了四菜一汤。

余姨看到离家很久的程肆，虽然心酸又心疼，但分寸感极强，不提及任何往事，只是装作程肆并没有离开过一样，慈祥地招呼她："小公主快过来吃饭。"

程肆听话地在桌边坐下。

吃饭时，温倾铭跟她说，已经帮她办好了转学江夏的手续，过几天开学她就可以直接去报到了。

程肆点了点头。

她之前在麓湖念书，高二结束，温静懿去瑞士治疗时，她就办理了休学。在瑞士，虽然外公有请华人家教帮她补习，但肯定不如在学校上课那么节奏紧凑，加上她平时常陪伴温静懿到处游玩看风景，学习时间有限。当时温静懿建议她回来重读高二。她不想重读，她同学都升高三了，她不想突然变成大家的学妹，但舅舅拿了套试卷给她做，她水平刚够及格，直接读高三肯定吃力，于是她不得不服从安排。

江畔公寓附近就是湘城知名的江夏中学。

湘城四大高校中，竞争最激烈的就是江夏跟麓湖。

为了方便照顾她，加上地理位置的优势，所以温倾铭帮她办理了转学。

吃完饭，温倾铭又向她交代了一些生活琐事，就匆匆去公司了。

余姨收拾的时候，程肆回到自己房间开始温习功课。

整个下午，她就在温习功课中不知不觉地度过了。

如果不是余姨喊她吃晚饭，她都没发现，外面已是黄昏。

白天时霸道而炽热的太阳，此刻变得温柔起来，余晖将淡灰蓝色的云层涂抹得深浅不一，像一条长长的渐变色的薄纱裙摆。

江畔公寓是江景房，巨大的落地玻璃窗正对着贯穿湘城的湘江。此刻满江流水之上，粼粼波光跳跃闪动，像碎金，又像幻景，有一种破碎的、无法挽回的感觉。

她看了一会儿，睁眼闭眼反复几次，调节了眼睛的疲惫后，才走出房间。

吃完晚饭黄昏已尽，街头华灯初上。

窗外的车水马龙，尽是别人的热闹，而自己却是孤身一人。

她决定下楼走走，临出门，看到门边的滑板，便顺手带上了。

湘城本身是不夜城，即便午夜也灯火通明，更别说晚饭后，正是热闹繁华之时。江畔公寓位于湘城正中央，楼下商场、酒吧、KTV 比比皆是，热闹非凡。

程肆踩在滑板上，慢悠悠地走街串巷滑着。

小吃街依旧络绎不绝，她喜欢的奶茶店、烧烤店依旧门庭若市。

她本身已经吃饱了，但看到常吃的那家小吃摊上焦糖色的糖油粑粑，多日来在国外吃的食物口味单调，让她此时突然被勾得胃口大开，最后没忍住买了一份。

熬得香甜的焦糖，裹着软糯的内馅，入口那一霎的甜，让她有一瞬间的被治愈感。

她肠胃不好，不能吃糯米类食物，但她总禁不住诱惑，顶着巨大的"大不了吃完再吃一排健胃消食片"的压力，也要吃。

以前她妈妈就算看到，也从不阻拦她。妈妈说，越阻拦，逆反心上来反而越变本加厉，倒不如让她学会为自己的行为负责。

温静懿是一个温柔又迷人的妈妈，对程肆有着极深的影响，所以她至今都不能原谅爸爸程东来对家庭的背叛。

"王冕，你别这样。"

程肆捧着糖油粑粑站在街角缓慢地吃着时，突然听到一个女生小声且为难道："你再这样我喊人了……"

女生的声音带着哭腔，柔弱中透着些许恐惧。

程肆转过头，看到身后不远的巷子里站着一对男女。从侧面望去，女生身材清瘦，脖颈修长，留着短短的学生头，头发别在耳后。虽然看不清正脸，但她的打扮和声音，都给人一种温婉绵软的感觉。

她身旁的男生，胖且猥琐，穿着印有某奢侈品牌巨大商标的 T 恤，吊儿郎当的站姿就暴露了他无赖的气质。他步步逼近女生，想要搂住女生。听到女生这样的求饶式的警告，他不但没有停止动作，反而贴近女生，涎皮赖脸地笑道："你喊啊，白梦，你喊人我就告诉别人你拿了我的电脑，我只是在跟你要回属于我的东西。"

那个叫白梦的女生似乎对男生有些惧怕，却没有放弃挣扎。她边推开男生不规矩的手，边羞愤地辩解："我从没拿过你任何东西！"

王冕嗤笑着提醒道："你弟弟手上的那台 iPad……你以为是你爸妈买的吗？别做梦了，当然是他姐夫我送的。"

白梦睁大了眼睛，她突然醒悟过来，怪不得弟弟最近对她和善了一些，原来竟是出于这样的原因。

她咬着下唇，脸色在昏暗的路灯下变得像纸一样白。

王冕见此立刻诱惑道："只要你跟了我，我肯定不会亏待你。小梦你看，我这么喜欢你……"

"王冕，谢谢你的喜欢，但我配不上你，求你放过我行吗？"白梦边哀求边试图挣脱男生的钳制，但对方丝毫没有放过她的打算。

程肆眯了眯眼。

这个叫王冕的男生，看着年龄不大，行事却挺下流。

她对别人的事情不感兴趣，但这种龌龊男让人没法忍。

她把手里的盒子往旁边的垃圾桶一撂，擦了擦手正准备上前，一个不知道从哪儿冒出来的男生，突然与她擦肩而过，先于她走向那对男女。

"白梦，原来你在这里。"他走到他们面前停下，冰冷的眼神落在王冕身上。

王冕讪讪地笑着，停了手上的动作。

白梦立刻挣脱他，瑟缩着肩膀跑到那个男生身后。

从程肆站的位置看过去，她只能看到那男生的背影。他长得很高，肩膀线条流畅平直，穿了米黄色的 T 恤、军绿色的裤子，有一种清新的少年气。

王冕被坏了"好事"，自然少不了有点恼意。他皮笑肉不笑地打了声招呼："傅遇啊！"

叫傅遇的男生没动，冷眼看着王冕，但右手已经握成了拳状。

王冕是什么人，对白梦揣着什么心思，班上无人不知。

可白梦却拉住傅遇的手臂。她看着傅遇，眼里还有刚刚被王冕纠缠吓出来的泪意，但她轻轻摇了摇头——王冕她得罪不起。

今天她很幸运，遇到了傅遇，可明天呢？后天呢？

王冕抱着胳膊，不爽地看着他的"小梦"和傅遇"眉来眼去"。

　　他们在学校里属于两种人，向来井水不犯河水。虽然傅遇的出现让他很不爽，但他还是觉得没必要因此正面起冲突。

　　因为傅遇并不好惹。很久以前，他见过傅遇跟别人打斗时的样子，又阴狠又凶残，跟平时温文尔雅的那个他简直判若两人。

　　傅遇不想让白梦为难，轻声道："我们走吧。"

　　白梦点点头，跟着他转身离开这条小巷。

　　王冕往地上啐了一口唾沫，对着白梦的背影故作不舍地告别："这就走了啊？小梦啊，下次再出来一起玩。"

　　白梦没有回答，只低着头，紧紧跟着傅遇。

　　两人朝程肆这边走来，看清"富裕"长相的那一刻，程肆挑了下眉。她见过许多帅哥，国内国外什么风格的都有，但傅遇依然令她惊艳。

　　傅遇长了一张格外纯真的脸。白白的皮肤，浓黑的眉毛，一双清朗的眼睛，仿佛冬日深山里的清泉。

　　只看眼睛的话，傅遇给人的感觉偏冷，但他天生唇角弧线上扬，不笑时也像带着淡淡的笑意。这中和了他眼睛的冷峻感，突出了他气质中温和的部分。

　　傅遇回过头，也向程肆瞟了过来。

　　他们的目光在空气里短暂交会，又像有着各自轨道的行星，倏地错开了。

　　傅遇带着白梦，与程肆擦身而过。

　　程肆放下滑板准备滑着离开时，恰好王冕从巷子里走出来。

　　两人打了一个照面。王冕看到程肆，眼睛一下就亮了，像恶狼看到了可口的猎物。

　　程肆穿了一身白色短款运动装。收腰款的 T 恤，手抬高的时候会露出一小截纤细的腰；膝上十厘米的短裤下，一双雪白的腿笔直修长。

程肆的身材很好，长相也不错。她扎着高马尾，一张白嫩的脸没有任何妆饰也依然美丽娇艳。

她不笑的时候，眼神很冷峻，挺直的鼻梁下，嘴唇微抿，勾勒出一道透着倔强感的弧线。

王冕有一瞬间的恍惚。如果说白梦是百合，纯洁美丽易揉碎，那眼前这个女生就是玫瑰，漂亮带刺但会让人欲罢不能。

王冕吞了吞口水，没脸没皮地走上前跟程肆打招呼："嘿！美女，你是哪个学校的？"

"……"

程肆刚刚还以为王冕只对他喜欢的女生比较过分，现在才发现原来他对每个女生都这么厚颜无耻。

她厌恶地瞥了他一眼——这个油滑的龌龊男，谁给他的勇气敢来跟她搭话？她多看一眼，都觉得眼睛被污染了。

程肆面无表情地滑着滑板走了。

对于程肆的不理不睬，王冕倒也不生气，美女一般都不爱理人。他迅速掏出手机拍下了她的背影，并发到平时的玩乐群里问："谁认识这个女生？"

程肆滑着滑板转了一圈后，终于找着一家药店，进去买了一盒健胃消食片，跟吃糖果一样，一片接一片地嘎巴嚼着，然后滑着滑板继续在街上晃悠。

经过公交车站时，她又看到了那个叫白梦的女生，不过刚才的男生已经不见了，只剩她一个人站在那里静静地等公交车。

他们不是一起走的吗？

她只是疑惑了一下，也没有特别在意，继续往前滑，最后在"虎口余生"门前停下。

"虎口余生"是温倾铭的老同学安琥珀开的一家清吧，她舅舅耳提面命，禁止她去任何酒吧，除了"虎口余生"。

温倾铭以前经常带她来跟他同学玩，所以她跟安琥珀也挺熟，小时候她甚至以为安琥珀未来会成为她的舅妈……

她走进灯光昏暗的酒吧，安琥珀很少在店里，但她很会挑人，"虎口余生"不算小，店里有十多个服务生，男帅女靓。店长莫奈是个中文一级好的日本帅哥。

她进去时莫奈正陪一桌客人谈天说地，但仍是"眼观六路，耳听八方"，所以第一时间看到了她。她经过时被莫奈吃惊地拉住，莫奈揉了揉她的脑袋关爱道："哟，小公主回来了。"

程肆应了一声，也不打扰他，直接越过他来到吧台。

"一杯么么酒肆。"程肆在高脚椅上坐下后，才发现调酒师换了人。

新上任的调酒师，穿着一件很普通的白衬衣，可即使是在昏暗的灯光下，他仍把这件普通的白衬衣穿出了独属于他的帅气感。他的侧脸看起来很温柔，微微扬起的嘴角像天生带着笑意。

他似乎没有看到程肆，白嫩的手握着调酒器，动作熟练地上下摇晃着。

程肆觉得有些眼熟，又细看了两眼，才忽然发现，这是刚刚叫"富裕"的男生。

他的 T 恤换成了笔挺的衬衫，头发全部梳了上去，抓出不规则的纹路，露出完整的额头和英俊的五官。

半小时前，他还像个乖巧正派的帅哥，而半小时后的现在，他突然变身，成了"坏男孩"调酒师。

没看她，他只是习惯性地应声："好的，客人您稍等。"

程肆顿了顿，低头开始玩手机。

"您要的么么酒肆。"过了一会儿，傅遇将调好的饮品轻推到程肆面前。

但看清女生的脸后，傅遇一愣，然后摁住高脚杯底座往回拉了一下。

"你成年了吗？"他有些犹豫地问道。

程肆怔了怔，笑了起来。这大概是她这段时间以来碰到的第一件好笑的事。

这个男生长得挺帅，但好像真的挺爱管闲事的。

"么么酒肆"是一款酒精度数几乎为零的桃味饮品，是安琥珀让调酒师专门按程肆的口味研制的，并以程肆的名字命名。

傅遇显然不知道这些内情。作为调酒师，他当然知道这款饮品的酒精度数极低，但酒吧禁止向未成年出售酒水。"么么酒肆"酒精度数再低，那也带有酒精成分。

眼前这个姑娘，他先前在遇到白梦的那个巷子口见过。当时她抱着滑板，一副极具正义感的样子，明显是个高中生。但此刻在店里不停变换的灯光下，她坐在吧台边熟练点单的模样，又让傅遇有些不确定自己的判断。

"怎么？"程肆右手托住脸支撑在吧台上，突然有了恶作剧的心思，她装作老练地望着傅遇问，"我看起来很小吗，帅哥？谢谢夸奖，可我——"程肆顿了顿，左手从他手里从容地接过了高脚杯，假装真诚地说，"已经十九了哟。"

程肆太从容，加上店里有保安查证件，所以傅遇只犹豫了一下，便不好意思地松了手。

"哎——"程肆叫住转身回调酒台的男生，微微偏着脑袋看着他，挑衅地问，"你——成年了吗？"

她说话的样子有些桀骜不驯，但眼神异常明亮干净，在斑斓的光影映衬下，像能直直地透进人的心里。

"二十。"傅遇愣了愣，温和地笑答。

程肆小口小口地喝着，莫奈陪完了客人，走过来坐在她身边，看看她手里的杯子，夸她："真乖。"

他自从来店里就被安琥珀一再嘱咐，程肆过来，除了果汁和牛奶，只能喝这款饮品。

小姑娘喝酒容易醉，醉了就闹乱子，而她闹乱子的本事惊人。

听说她舅舅第一次带她来，没耐住她央求，让她尝了两杯度数略高的鸡尾酒。她喝完没一会儿就醉了，说话的声音很温柔，但态度很坚决。她非让她舅舅换水手服陪她演美少女战士变身，还要跳整套的变身舞蹈。舅舅当然不从，程肆就一会儿哭闹耍赖，一会儿激情澎湃地鼓励舅舅："舅舅加油，不要害羞，跳起来！"——这就是老曾特意调配出"么么酒肆"的原因。

程肆知道莫奈的意思，她的事迹在安琥珀整个店里都传遍了。

莫奈只知道程肆出国了，不知道她的家庭变故，所以问她："小阿肆什么时候回来的？瑞士好玩吗？"

"还凑合吧。"程肆回答得很敷衍。

莫奈觉得程肆出去一趟，回来好像变了不少。以前她特别能闹腾，现在多了几分沉静的气质。而且她的沉静里有些恹恹的成分，好像对什么都提不起兴趣。

但程肆不说，莫奈便也不会问。

他岔开话题："有没有觉得你的么么酒肆口味变了一些？"

程肆看了一下已经饮了半杯的么么酒肆，突然发现，好像比以前更柔和适口了一些。

她看向傅遇问："店里换调酒师了吗？老曾去哪儿了？"

莫奈摇摇头解释："傅遇是琥珀的弟弟，老曾的徒弟，有时候晚上会过来顶几小时的班，老曾在外面办事，估计一会儿就回来了。"

"琥珀姐还有弟弟？"程肆有些意外，认识她这么久从没听她谈起过。

刚好傅遇这会儿没调酒，在擦桌子。莫奈热情地招呼他："傅遇君，傅遇君，你来。"

傅遇放下手里的活，直起身走过去，莫奈指着程肆给他介绍道："这位小美女是程肆，你要记得呀，她以后来店里，只能点么么酒肆，或者果汁牛奶，因为……"

"因为我轻度酒精过敏。"程肆及时地打断了莫奈的话，以免他把之前的醉酒事件又添油加醋地说一遍。

莫奈好笑地看着她，倒也没打算揭穿她。

傅遇这才知道，程肆是店里的熟客。

"不好意思，刚刚误会你了。"

"怎么了？"莫奈疑惑地问。

"没事，一点小误会。"程肆立刻面不改色地掩饰。

傅遇冲她点头，淡淡地笑了笑，然后跟莫奈说："放心吧，店长，我记住了。"

刚好有点单的，傅遇转头又回调酒台调酒了。

莫奈坐下来跟程肆聊天："你觉得他怎么样？帅吗？"

"挺帅的。"程肆漫不经心地答道。

莫奈偷偷地跟她示意，让她注意旁边的几桌女生，说："看到那几桌的姐姐了吗？都是为他来的，轮流跟他要过电话号码，都没要到。"

程肆顺着莫奈的示意，转动了一下头颅扫视了一圈，有不少美女。

轮流要都没要到号码？那这帅哥多少有点不知好歹了。

程肆喝完么么酒肆又在"虎口余生"坐了一会儿，才准备回去。

莫奈却叫住她："我找人送你回去。"

程肆摆手："不用，我清醒得很。"

但安琥珀吩咐过，只要程肆来这里，就得安排人送她，所以莫奈十分坚持。

程肆很久没来，差点忘了这么一回事。她准备拿滑板直接走掉，却被莫奈死死按住，环顾整个店找人，刚好这时老曾从外面回来，开心地跟程肆打招呼，莫奈立刻转头冲着傅遇喊："傅遇君，你去送送小阿肆。"

程肆："……"

为什么不是熟人老曾送她？

但她怎么能理解莫奈的好心，莫奈怕她跟老曾年龄差太大没话说，特意喊了看起来跟她同龄的傅遇，他还觉得自己真是个小机灵鬼呢。

有比陌生人送自己回家更令人尴尬的事吗？虽然他很帅，但是她一点也不想应付陌生人。

但她怎么能拗得过莫奈的坚持，加上莫奈很干脆的一句"这是老板的命令"终结了她的推托。

傅遇走过来，接过被莫奈和程肆拉扯的滑板，率先朝门口走去，严格执行"老板不在，但铁令如山"的原则。

程肆只好跟在"富裕"身后走出酒吧。

"你住哪里？"出门后傅遇问她。

"江畔公寓。"

"挺近的，走吧。"

程肆点头。

夜风微凉，月亮在云层间时隐时现。从"虎口余生"到江畔公寓的路，前半段车水马龙，热闹非凡，但转过一个路口后，行人就少了许多。

程肆按自己的节奏，慢悠悠地晃荡着。但她很快发现，傅遇始终在离她半个身位的侧后方。

她走快一点，他也会快一点；她慢下来，他便也慢下来。两人之间的距离，始终隔着不远不近的半个身位。

程肆发现，傅遇这人虽然爱多管闲事，但其实是个极有分寸的人。他管"闲事"，但不会过分逾矩，待人接物，和善中又透着疏离。

程肆之所以不想有人送自己回家，是懒得在路上还要应付别人。但傅遇像很了解她这一点似的，恪守护送她的职责，但全程像个透明人一样，将存在感降到最低。

可遇到像傅遇这样安静的人，程肆闷久了反倒有了几分说话的兴趣。

她转头问他："你的名字……是哪两个字？"

"嗯？"傅遇眨了一下眼睛。他不是没听清程肆的问题，而是反应慢了半拍——他本以为这一路，他们都不会说话了。

其实早在去"虎口余生"的路上，他就看到过程肆。当然那时他不知道她的名字，只看到她踩在滑板上，像一阵风一样从他眼前一闪而过。

原以为只是人群中的偶然一次相遇，谁知走了一段路后，傅遇又看到了她。

那时她正站在路边吃糖油粑粑，像个小孩子一样，吃到嘴角沾上了糖汁也不知道。但下一秒，她的眼神突然凶狠起来，像利刃一般投向巷子深处。

他顺着她的目光，看到了白梦和王冕。

他再看向她时，她仿佛已经按捺不住，巴掌大的脸上仿佛写着几个大字——"老子要去匡扶正义"！

傅遇抢了先。

也许在潜意识里，他不想这个漂亮女孩和王冕那种人渣产生什么交集。

程肆有一双太过干净的眼睛，王冕不配与她对视。

可后来，他们又在"虎口余生"相遇了——一个晚上的时间，他遇到了程肆三次。

程肆和人说话时有点痞痞的，明明长相美丽，身上却有种顽劣少年般的淘气劲。

可她不说话的时候，又恹恹的，仿佛与世隔绝一般。

在店里，他摇晃着调酒器时，偶尔会瞥一眼后来坐在角落里的程肆。他远远看着她，仿佛看到了某个时候的自己。

所以程肆的主动发问，让他微怔。

傅遇抬眼看向程肆。

她在微笑，可是眼底空空的，没有喜悦也没有探究的意味。

也许，她只是想说说话，打发一下时间，让此刻两人之间的气氛变得热闹一点吧。

傅遇想了想，尽可能地释放出自己的善意，试着让谈话延续下去。他微笑着问："要不你猜猜看？"

程肆倒真的认真猜起来："你是琥珀姐的弟弟，那你姓安吗？"

"不姓安，单姓傅，单人旁傅。"

"噢……傅誉，段誉的誉？"

傅遇淡然摇头，仿佛古代的那种翩翩公子，回话也非常古意："非也。"

程肆继续猜："上日下立昱？"

傅遇眨了眨眼，含笑摇头。

"金字旁加玉的钰。"这些都是寓意极好的字，也是常被人放入姓名里的字。

傅遇仍旧摇头，却浅笑着说出正确答案："是最常见的相遇的遇。"

程肆顿了一下："相遇的遇？傅遇啊，听起来有些像'谐声哏'，不负相遇。"

"嗯，爸妈取这个名字时就是这个意思。"傅遇说这话的时候，心里有个地方又轻轻抽动了一下。

已经不觉得痛了，可是伤痕依然存在，永远在提醒他要铭记那些经历。

"好浪漫，你爸妈一定非常相爱吧？"程肆羡慕道。

"他们……非常相爱。"

"真好。我爸妈曾经也非常相爱。"程肆说完，自己都愣住了。

她没想到自己会对傅遇说这些。严格来说，他们还是陌生人。

她眉间瞬间聚拢的阴郁，让傅遇微怔。然后他像没听明白那句话的言下之意一样，语气平缓地岔开话题问："听莫奈叫你小阿肆，你全名叫什么啊？"

"程肆。禾木程，放肆的肆。"

"哦……"傅遇如梦初醒，"么么酒肆的肆，这款饮品是老曾单独为你研制的啊。"

傅遇之前听老曾谈起过这款饮品的由来，但一时没把它和程肆联系上。

"老曾都告诉你了？"

傅遇点头："来龙去脉非常清楚。"

"……"

"看来我刚刚编的酒精过敏的谎话早就被拆穿了。"程肆轻言细语，她已经不想提那件丢人的事，所以她转移话题问傅遇："你在哪里念书啊？"

傅遇一顿，想了想在店里报的年龄，反问道："你呢？"

程肆一顿，也想了想在店里报的年龄，硬着头皮说："我之前在瑞士，最近刚回来。"

"你念几年级？"傅遇先发制人问道。

"大一，你呢？"程肆睁着眼睛说瞎话。

"大二……"傅遇的语气里带着些许犹豫，但女生纯真得像只小白兔，没有任何怀疑。

傅遇松了一口气的同时，又产生了负疚感。他正不知如何继续这场开始走向欺骗的对话时，已经走到江畔公寓了。

"谢谢你送我回来。"程肆说。

"不客气，应该的。"傅遇真心道，他本是按吩咐做事。

"再见。"

"再见。"

两个陌生人的"尬聊"终于到此为止。

第二章

天上掉下了个
仙女霸霸啊！

◇

程肆回到家又折腾半天。洗漱完，她趴在床上，打开一直静音的手机。

大概是因为她好长一阵子的沉默，群里的好友都闹腾得少了。关风和关若的上一条消息停留在上周，他们问她："你妈妈情况怎么样了？"她一直没回。

要是以前她不回消息，关风会不断地骚扰，但是因为后来知道她妈妈的情况已经不太乐观了，所以关风也不敢随意打扰。

她在跟关风的对话框里打"我回来了"，最后又悉数删除了。

她现在还是不太想见任何朋友，怕朋友关怀怜悯的目光。和不了解她身世的陌生人，她反倒可以说上一些无关紧要的话，就像今晚的傅遇。

她关上手机，倒头躺下。

开学前的几天，程肆在吃吃睡睡和复习功课中度过。

回到熟悉的环境后，她的情绪比在瑞士时平静了许多。

她一直催眠自己：妈妈还在，只是在瑞士陪外公外婆。现在她自己一个人在国内读书，要加倍努力，不能让妈妈失望。

开学那天，温倾铭出差了，让程肆自己去学校。

程肆本来也没想让舅舅送她，她又不是去上幼儿园。

她从衣柜里挑了条简单的白色连衣裙，配了双中袜，穿着白球鞋清爽地出门了。

温静懿喜欢她这样的穿着，温静懿在世时程肆叛逆而淘气，总喜欢穿一些特立独行的酷黑朋克风服装，但现在，她想多穿穿这些妈妈喜欢的裙子。

江夏离家不远，她在路上走着，电话响了。

她看了眼这熟悉的号码，挂掉，再响，再挂。

电话听话地不响了。

但她没想到，走到学校门口，她看到了早早候在一旁的来电人——她爸程东来。

程东来看到她，快步走上前，讨好地笑着，伸出手想摸她的头，程肆不耐烦地偏头躲过。

程东来一点都不在乎她的冷淡，仍旧温柔地说："好久没看到小公主了，爸爸太想你了。"

程肆冷冷地看着他，从小到大，程东来都亲昵地叫她"小公主"，小时候更宠溺，还会加上定语"爸爸的小公主"，即使后来她长大，程东来也从来没有改过这个称呼。以前她因为被宠爱而觉得享受，但现在，这个称呼再从他嘴里喊出来，竟如此可笑。

"我的世界里早没爸爸这号人了。"程肆不为所动道。

　　程东来知道程肆脾气倔，一时半会儿肯定不会给他好脸色，所以他仍旧好言好语："走吧，先带你去报到。"

　　他跟温倾铭打了电话，知道程肆今天来江夏报到，所以特意赶过来。

　　学校门口人来人往，程肆不想在大庭广众之下再跟他纠缠，她把他带到旁边一条偏僻的巷子里。

　　"我希望你不要再管我的事了。我已经不是你的女儿了，你也另外有自己的女儿，你想管教就去管她，不要跑到我面前自取其辱。"程肆不想给程东来留一丝颜面，她说的话再狠都比不过程东来对她和她妈妈施加的伤害。

　　程东来深知自己给程肆带来的伤害，所以，他假装没有听到程肆的狠话，耐心地跟她说："我知道你还在生爸爸的气，但是我们的血缘关系是没办法改变的。我对不起你妈妈，也一直无法弥补，我答应过她，以后会好好照顾你……"

　　"你别再提我妈妈了。"程肆暴怒，打断他，"她不需要你的弥补，我也不需要你的照顾，别用血缘关系绑架我。你但凡考虑到后果不可承受，但凡明白我这个女儿对你的重要性，你就不会轻易突破道德底线再生一个，现在你摆出慈父的样子想弥补，想两全其美，真让我觉得恶心。"

　　程肆的话一句比一句狠，但程东来无可奈何。

　　他也悔不当初，他从来没想过把事情做到不可挽回的地步。即便出轨，他也从没想过要离婚，可温静懿的性格太决绝了。

　　而程肆的性格又跟她如出一辙。

　　他在心里叹了口气，为了不让程肆更讨厌他，他只好先稳住程肆的情绪妥协道："好，那我先走。爸爸不是想弥补，照顾你本就是我的责任。我知道说什么都不可能弥补我对你妈妈和你的伤害，但你要相信，爸爸也很后悔……"

　　程肆不耐烦地打断他："你自己忏悔，不要再打扰我。"

"如果你再以父亲的名义出现在我学校里，我就退学。"

最后，程肆拿退学威胁他。因为她知道，这样的威胁管用。

程东来站在原地，不敢再说什么。他看着程肆离去的背影，重重地叹了一口气。

沈嚣没想到，除了他爸那不负责任的赎罪戏，他还能看到另一出"不负责任的爸爸的赎罪戏"。

那些不负责任的爸爸可真好笑，个个都装得无辜且苦恼，好像当初犯错是有人拿枪逼他们一样。

把自己的贪心和过错说得极度无奈。沈嚣挺赞同刚刚那个像小老虎一样凶凶的女生的说法，人但凡考虑到后果是自己不可承受的，那么，当初就不会轻易突破道德底线。

"早知今日，何必当初？"他从一旁的拐角走出来。

程东来回头，看到一个刺头男生，吊儿郎当的，嘲弄地看着他。

不知道看了多久。

不过他也没介意这男生的嘲弄，而是以男人肯定懂男人的方式语重心长地跟男生说道："人这一生，哪会没有犯错的时候，以后你长大了就会懂。"

"哟，经常为自己的贪心开脱吧，就是开脱得太熟练了才会不断犯错。"男生冷冷道。明明小小年纪，却仿佛看透世事。

程东来摇了摇头，没办法跟这男生解释男人因热血沸腾犯过的错，他无奈地转身走了。

沈嚣无语，他爸也是动不动就跟他说："以后你长大了就会懂。"

他好笑道："怎么，长大会改变人性？"

他爸看着他，反问道："你以为人性是什么？"

沈嚣未答，他爸停顿了一下，语重心长道："人性是，当你开始拥有一些东西的时候，你会想要更多。"

他爸从不忌讳跟他袒露赤裸裸的现实。

他并不赞同他爸的说法，事有可为，有不可为。

五分钟前，他才挂了他爸的电话。

因为他爸让他去国外念书，他冷笑："怎么，怕我再破坏你的好事？是你的小四、小五或小六又怀孕了吗？"

当年因为小三怀孕，他跟他爸闹得尽人皆知。

他爸无奈道："说什么乱七八糟的呢，我是为你好，你有潜力，而国外那么好的学校又愿意招收你，你别因为跟我的矛盾拿自己的前程当儿戏。"

"收起你的为我好，我的人生我自己负责，你专注于你自己就行，少对我指手画脚。"沈嚣不服管教道。

"沈嚣，你知不知道这条路能让你的人生变得更好，我怎么会有你这么不求上进的儿子？"他爸有些怒其不争般的严肃。

"如果你所说的变得更好是你这种世俗意义上的成功，那我已经拥有了啊，我是你儿子，反正以后你归西了你的钱都是我的，我已经继承了你世俗意义上的成功，我现在就想不求上进。"沈嚣叛逆地说。

"你……"沈天成被自己的混账儿子气得挂断了电话。

因为程东来的出现，程肆瞬间有些暴躁。

她家的故事很烂俗。她爸程东来来自普通家庭，娶了她妈妈温静懿这个"白富美"。然后程东来依靠自己的聪明才智、吃苦能干，以及温静懿家里给予的支持，变成了公司大老板，人前人后，风光得意。

在温静懿怀孕时，他没管住自己，跟一个刚毕业进入公司的女大学生发生了故事，女大学生知道他有家庭，但难挡成熟男子的魅力。为了不给程东来招惹非议，也为了不让这种痛苦继续，女大学生选择回乡，跟程东来断了联系。不久后女大学生发现自己有了身孕，为了爱情，即使未婚她也拼了命将女儿生下。

然后有一天程东来知道了这事，认回了女儿和情人。

听起来像一部唯美的言情小说，未婚妈妈带球跑，霸道总裁追娇妻。

如果这种唯美，不是建立在程肆和她妈妈的痛苦之上。

多年后，东窗事发，她爸乞求她妈原谅时，跪着指天发誓，出于责任才给了那对母女生活援助，他一直一直爱的是有温静懿和程肆的家。他对女大学生只是一时糊涂，除了给生活费，他也基本没去探望她们。

她妈妈自小到大，都被外公外婆捧在手心里，何曾受过这种委屈和羞辱，因此坚定地选择了离婚，程肆也并不打算原谅她爸爸。

离婚一年后，她妈妈查出患有癌症。

不知道出于什么原因，程肆那天大概是希望在妈妈最后的日子里，她爸能照顾她妈一阵子，她纠结地回了老宅，然后她发现她爸已经将女大学生母女接回了家。她爸讷讷地跟她解释，母女俩在家乡受人指责太多。

程肆觉得异常可笑，被指责了这么多年，现在才不习惯？她们前脚刚走，他后脚迫不及待地把那对母女接回家。

程肆在老宅看到了那个低着头的女大学生，异常年轻，跟她的女儿站在一起，甚至像姐妹，程肆整个人都气疯了。

后来程肆才知道，她妈妈早知道了事实，虽然没有在她面前提起。她认为，她妈妈因为知道这些，所以才情郁于中，积久成疾。

所以，她怎么可能会再叫程东来爸爸，又怎么可能会原谅他？

程肆郁郁不乐地走在学校里，身旁熙熙攘攘的尽是陌生同学，一股强烈的孤独感突然袭来。或许她不应该转学，其实她在麓湖也挺好的，起码她伤心的时候那群狐朋狗友总会在身边逗趣，但现在，身旁并无一人。

而她，也没有退路了。

她顺着路标，找到了班主任曲小强的办公室。

她站在办公室门边大眼一扫，就凭第六感从四五个老师里认出了窗边那个身高不高、笑起来有点憨厚、额前头发"英年早脱"的中年男子就是她的班主任曲小强了。

曲小强一边低头整理文件，一边跟旁边的一个女老师聊天。

女老师说："曲老师，我班上有几个调皮学生，你上我们班的课时，多帮我留意下。"

曲小强点头："没问题，汪老师，我们都互相多留意、多交流，我才第二年做班主任，你都带了十多年了，经验丰富，我跟你学习学习。"

"你带一年就带出了第一名的班级，成绩可喜啊……"女老师笑道。她低头翻看了下班级名单，有些吃惊："咦？沈嚣分你班上了啊？那你要比我操心，光沈嚣一个，顶我们班上一群皮猴儿。"

"其实沈嚣这个学生没传说中那么调皮，我觉得他挺好的，孩子嘛，叛逆耍性子在所难免。"

"哟，你们班还有个转学生啊，程肆？"女老师浏览到最后一个新加的名字笑道，"这名字和沈嚣真是异曲同工啊，是个小姑娘还是男孩子？"

"小姑娘……"

"报告。"程肆打断了两个人的唠嗑，径直走到曲小强面前，"曲老师，我来报到。"

曲小强抬头看到她，和善地笑道："是程肆吧？我刚还和汪老师说你呢。"

程肆沉默着，只点了点头。

曲小强看到程肆总算放心了，起初他刚看到程肆的名字，跟汪老师有同感，立刻想到了沈嚣。一个嚣张一个放肆，名字取得就是不让人省心的样子，但看到本人他总算放心了，是一个模样乖巧的漂亮小姑娘。

曲小强笑眯眯道："你的情况我已经了解了，虽然中间休学一年，但之前底子很不错，欢迎你来江夏。"

程肆依旧心不在焉地点了点头。

曲小强倒不在意，许多乖巧的学生都不爱说话。

他收拾好桌上的文件并抱起来，说："走吧，带你去教室。"

一路上曲小强事无巨细地跟她介绍了江夏的情况，程肆怀疑他把江夏的宣传页从头到尾一字不差地背了一遍。

曲小强看起来就是那种充满热情，循循善诱为学生操碎心的老师。他再三叮嘱程肆："你刚来，有任何不适应都要告诉老师。"

程肆点点头。看着曲小强热忱的表情，觉得自己好像除了一句报到，就没再讲话，会显得有些冷漠，她不想初次见面就伤了优秀人民教师的心，所以走到班级教室门口时，她虽然面无表情，但还是礼貌地对曲小强致谢："谢谢老师，我都记住了。"

曲小强立刻暖心得不得了，看看，好学生就是这样，虽然不爱讲话，但该有的礼数一点都不差。

曲小强带着程肆走进教室里时，本来有些喧闹的教室安静了下来。

大家齐刷刷地看向曲小强身后的转学生：她穿着一身白色连衣裙，搭配中袜和白球鞋。明明是很学生气、很普通的打扮，可穿在她身上，就是又清纯又美。

"哇，这是我们班的转学生吗，老师？"第三排墙边一个鬈发男生靠墙蹲坐在椅子上，一副惊得下巴都要掉到地上的夸张表情。

曲小强看了一眼鬈发男生，教训他："李卯卯你给我坐好。"

男生笑嘻嘻地板正坐好。

曲小强清了清嗓子道："给大家介绍一下，这是我们班新来的程肆同学。新同学刚来，有很多情况不太了解，大家一定要多帮助她。"

听到那个有些耳熟的名字，讲台下本来正低头做题的傅遇忽然抬起头，射过来一道微微吃惊的眼神——程肆？

程肆也正站在讲台上漫不经心地环视整个班级的新同学，眼神转到那张熟悉而冷峻的脸上时，忽然一顿。

嗯？这不是那个谁吗？

此时坐在教室里的傅遇，穿着干干净净的校服，柔顺的刘海下，瞳仁黑得像墨。他原本趴在课桌上做题，此刻向后靠着椅子，坐直了身体。他微微歪着头，沉默地看着讲台上的程肆。

虽然这一刻傅遇仍旧面无表情，但程肆分明从他眼底看到了他带有嘲讽意味的反问："十九岁？大一？瑞士念书？"

程肆比傅遇更为震惊，原来不止她一个人在撒谎，傅遇也是演技派，她不动声色地盯着傅遇，但如果人类头顶有弹幕，那么她此刻头顶也一定冒着铺天盖地的反问：二十岁？大二？

除了震惊，她还有一种莫名其妙的怄气感，至少她扯谎的时候还有些心虚，但傅遇可太镇定了。看起来沉默老实，原来是老奸巨猾。

虽然心里已经平地起惊雷般炸出了一座座火山，但程肆掩饰得很好，仍旧不动声色，保持着属于转学生的低调。只是她偶尔看向傅遇时，会神色恼怒地发射过去一句无声的控诉——诈骗犯！

傅遇仿佛看懂了她的意思。他动了一下嘴角，露出一个似笑非笑的表情。

彼此彼此。

既然是互相欺骗，那就扯平了。

他低头，继续做题。

遇到傅遇已经足够让她惊讶了，所以当程肆又在同一个教室里看到白梦和王冕时，她已经心如止水了。

白梦是傅遇的同桌。她看着讲台上的程肆，轻轻地"啊"地叫了一声。前几天她见过这个女生。

程肆原本就漂亮到自带光芒，而白梦看到她时，她正拿着一块齐腰高的滑板，整个人有种在女生里少见的桀骜气质，令人印象深刻。

白梦在草稿纸上写：我们之前是不是见过她？

白梦轻轻地戳了戳傅遇，将纸条推给他看。

傅遇瞥了一眼，点了下头。

王冕就直白热情多了。他觉得自己仿佛被命运选中，要开启一段"天降奇缘"。

他兴奋地在座位上半站起身，弓腰挥手，活像只刚学会直立行走的猩猩。

他用口型跟她打招呼："嘿，美女。"

程肆直接选择无视。

"来，程肆同学，你给大家介绍下自己。"曲小强转向她道。

程肆点了下头，酷酷地说："大家好，我是程肆，以后请多关照。"

简单明了，毫无多余的信息。

"请问新同学，是哪个字啊？一二三四的四吗？"段飞突然大声问道。

程肆看了他一眼，拿起粉笔转身在黑板上写了自己的名字。

"哇！放肆的肆啊！这名字和我嚣哥绝配啊！她是放肆的肆，我嚣哥是嚣张的嚣啊，像同一对爸妈取的名字……"

程肆刚写完，就听到台下李卯卯同学又发言了，然后大家都笑了起来。

这次曲小强倒没说他，因为连他自己看到这俩学生的名字也这么联想过。

程肆转过身，神情平静地环顾全班同学，到底谁叫"沈嚣"？

既然和她的名字这么异曲同工，那这种时候，这人不是应该和她共同分担一下全班同学的注目礼吗？

可她看见大家都在笑，目光却只落在她一个人身上。

曲小强本想让她多介绍一些自己的爱好什么的，但想到她本就是不爱说话的优等生，来日方长，让同学们自己慢慢了解吧，所以也就不忍再为难她，指了指教室中间那排靠窗剩余的两个位置说："程肆同学，你坐那里。"

位置恰恰在李卯卯身后一排，王冕前面一排，王冕夸张地伸出双手做拥抱状，把周围同学都逗笑了。

程肆视而不见。她怕自己多看王冕一眼，就会冲过去踹翻他的椅子。

"李卯卯，沈嚣怎么没来？"曲小强看着空位问道。

"哦，他病了老师，让我帮他请假。"李卯卯熟练地帮沈嚣打掩护，其实他也不知道。

原来这哥们儿没来啊。程肆想，怪不得刚才大家只对自己注目。

曲小强也没放在心上，他已经从先前老师的口中了解过沈嚣：大错不犯，小错不断。

迟到就是小错里的其中一种，他打算等沈嚣来了亲自找沈嚣谈话。

讲台上，曲小强老调重弹，讲了一下新学期的警示跟鼓励："同学们，高二是整个高中时代的重中之重，高二是一个转折点，高二知识不牢固，高三肯定跟不上。所以大家一定要抓住时间争分夺秒努力学习……"

讲台下，程肆身后的王冕踢了踢她的椅子，小声说："嘿，程肆同学，你还记得我吗？"

程肆不搭理他，他继续小声说道："我这两天还千辛万苦到处打听你，没想到绕了一圈我们竟然成了同班同学，哎，这该死的不可分解的缘分。"

程肆依旧不搭理他。

王冕一点都不介意，玫瑰都是带刺的。能咔嚓一下折断带刺的玫瑰，才是真本事。

曲小强很干脆，他说刚开学大家相互之间还不太了解，所以暂时先任命一位班长，其他班委等大家都熟悉了后再选。

宣布完这些消息，他就开始争分夺秒地上课了。

班长是傅遇。

程肆没觉得意外，想起傅遇之前救下白梦以及在"虎口余生"怀疑她未成年身份的特点，倒像是爱管闲事的班长。再加上他身上良好的优等生气质，一看就是老师们最喜欢的班长人选。

曲小强不是主课老师，教的是地理。程肆翻开课本，地理算她所有科目中分数较低的，希望地理今年能对她好一些。

曲小强在前面讲解，她心无旁骛地听着。

起初头发有些异动，她以为是风吹，但接着头发接二连三动了起来，并且身后传来王冕的声音："喂，新同学，新同学。"

程肆回过头，看到王冕趴在桌子上一脸坏笑地拿着笔在拨弄她的头发。

程肆看着他眯着眼装作陶醉的表情，再想起他那晚对白梦的骚扰，一阵恶心。

王冕看到程肆终于回头注意到自己，趁曲小强在黑板上写字时，低声讨好道："送你一个礼物。"程肆面无表情地看着他，王冕手伸进口袋掏了一下，伸到她面前对着她比画了一个爱心的手势，并自以为很帅地眨眼放了个电。

程肆："……"

差点吐了。

开学第一天，初到新学校，要有转学生的低调。

程肆强忍不适，继续不理王冕，转过头去。

王冕却低声笑了下，以为小姑娘不好意思，又拿着笔对着她的头发拨来拨去。

程肆有些压不住火了，她转过头平静而"礼貌"地跟王冕低声说了进班后的第一句话："再拨一下我头发，打破你的头。"

如果说王冕一开始对程肆的惦记是重在外貌，那程肆对他说出的第一句话，立刻就让他有一种欲罢不能之感。

原来是只小野猫啊！

王冕更来劲了，拿笔继续戳程肆的后背。

见程肆不再理他，王冕便开始变本加厉。他伸手一下一下地拉扯着程肆的内衣肩带，继而身体前倾，半趴在课桌上，凑近程肆，下流地低声道："那你，准备用什么打啊？"

王冕说完那句话，还没来得及坐回原位，程肆已经霍然起身。她什么话都没说，只是转身抓起王冕课桌上的课本，快准狠地拍在他头上。

咚的一声巨响，班上正专心听课的众人顺着声音望去，只见程肆站在自己的座位上，看着王冕的眼神冷漠又厌恶。女生拿着课本的样子像雷神握着雷神之锤，她劈头盖脸地朝王冕头上狠狠地砸了一下又一下。

咚——咚——咚，一声比一声响。

程肆的位置靠窗。

夏日尾巴里的阳光依然明亮耀眼，透窗而过时勾勒出女生柔美的身影，同时也让她迅猛的击打动作带着一种光芒。

王冕因为太过震惊，被打得哀号阵阵，只能勉强招架着。

穿着一袭白色连衣裙的程肆，一分钟之前还看起来仙气飘飘，但此刻，高二（7）班所有人都目瞪口呆，只剩一个念头：我去，这是天上掉下了个仙女霸霸啊？

傅遇回头看到这一幕，微微一怔。

他看得出来程肆骨子里有股桀骜不驯的劲，但没想到她会如此胆大，开学第一天，就毫不手软地当老师的面教训全校女生都唯恐避之不及的王冕……

他完全相信，如果偶遇白梦跟王冕那天，他没有上前，而是这女生上前的话，恐怕王冕也会挨这样一顿揍。

白梦被王冕骚扰已久。一开始她不理他，可王冕故意对其他男生说："白梦啊，漂亮是漂亮，就是有点小缺点——身材不够好。哈哈哈。"

有个跟他一样猥琐的人问他："冕哥，那你还喜欢她？"

王冕得意地说："小爷我就好这一口。"

从那以后，王冕说她的话就传开了。之后每每有不怀好意的男生打量她，目光都会遗憾地在她身上扫来扫去。

白梦气愤却毫无办法，更怕他继续在外面胡说八道。她性子软，不会骂人，更不会打架，加上王冕家有钱有势，在学校里他又喜欢拉帮结派。她爸妈原本就不待见她，其他人知道了怕是也只会和稀泥，所以白梦根本拿王冕没有办法。她只能躲着他，躲不过只能哀求他。

现在看到程肆当众打王冕，白梦心里有一股隐隐的激动，仿佛是自己打了王冕一样解气。

程肆觉得自己还是挺讲武德的，她已经警告过王冕了。

这个王冕不但没有收敛，还变本加厉。

她被他一连串的猥劣行为恶心到了，这是什么"不可回收垃圾"啊，留他在世上就是祸害人间。

"你是孤儿吗？"王冕对程肆这一招始料未及，被砸了几下后才反应过来，噌地站起身破口大骂，还挑了句触到程肆逆鳞的脏话。程肆扬起手，以将他天灵盖劈碎的架势，在他脸上狠狠地掴了一记响亮的耳光，掴完仍不解气，反手又连掴几记，全程没有说一个字，目光却冷如寒冰。

王冕又羞又气，他在学校一向仗势欺人惯了。

他学习不好，但喜欢围着学校里的漂亮女生转，因为出手阔绰，懂得买礼物哄女生，所以有女生愿意和他来往，跟他打成一片，不过大多数女生看到他都会避着走。

但从来没有女生敢这样对他！

一瞬间他也不管打女生不太合适了，扬起手也朝程肆狠狠挥去。程肆反应迅速地接住了他肥硕的手，并一掌挥开。

"王冕！程肆！你们两个干什么呢！"曲小强有点蒙，他不敢相信开学第一天，第一堂课，在他这个班主任的课堂上，他眼里那个文静礼貌的小姑娘，竟然暴躁地跟比她高比她壮的男生打起来了？确切地说，暴躁地把比她高比她壮的男生给打了……

他从讲台上冲过去，头上稀疏的头发气得差点直立行走。

程肆看曲小强已经到了跟前，为表对老师的尊重，她收敛了下刚刚的愤怒，冷静地站着。王冕因为班主任已经到了面前，没办法再动手，而且他一时摸不清程肆的底细，不知道他再动手是否还会被她挡住，所以只能愤怒地看着她。

"怎么回事？啊？怎么回事？你们两个给我解释一下。"曲小强暴跳如雷。

"他——欠——揍。"程肆一字一顿，言简意赅。

班里众人瞬间被折服。

曲小强看向王冕，王冕不忿地站在原地，只狠狠地瞪着程肆，却气得说不出话来。

高二（7）班新学期开学第一节课，课上到一半变成了自习。

曲小强把程肆带到门外，教室里众人的好奇之心都快冲破宇宙了。

但鉴于事件男主王冕还坐在教室里，大家虽然都在假装事不关己地看书，但有好事的已经开始在各自的小群里互通消息了。

"我去，新同学什么来路？"

"我有些担心，新同学以后在江夏还怎么混？"

"小声说一句，我第一次发现，原来漂亮的女校霸比男校霸更有魅力！"

"王冕不会放过她，新同学会不会很惨？"

"想送王冕两个字：活该。"

"她今天穿的裙子，看着不张扬，但某明星穿过一条一样的，很贵。"

"我觉得……还是尽量不要招惹名字取得就很牛的人，一定有深意。"

各种消息甚嚣尘上……

第三章

老师，我打他的理由
足够充分吗？

◇

曲小强把程肆带到教室外，关上教室门，已经恢复了刚开始把程肆带进班上时的和蔼。

刚刚在教室发火是为了震慑学生，这一出来看到程肆乖巧的模样，没弄清事实，他绝不会不分青红皂白地苛责程肆。

"跟老师说说吧，刚刚到底发生什么事了？"

程肆一时有些语塞，她不知道怎么跟曲小强描述这件事，倒不是她害羞，而是重复一遍王冕的行为，她有种冲进去再打他一顿的冲动。

她长这么大，就没这么犯恶心过。

"您就拿我按扰乱课堂纪律处理吧，老师。"程肆语气很恭敬，说出的话却很嚣张。

直到那一刻曲小强才发现，新同学完全不似她的外表那么乖巧，比他想象中难管多了。

"那怎么行？"曲小强义正词严，"老师得了解事情原委啊，如果错不在你，老师却罚了你，那就是执教不公！"

程肆看着曲小强大义凛然的脸，想到王冕对白梦的行为，而白梦无法反抗只能挣扎，不知道这个垃圾还非礼过多少女生。

她问："老师您真想知道？"

"这不是想不想知道的，"曲小强认真道，"程肆，这是老师必须知道的。"

"好，您跟我来。"程肆说完又把曲小强带回教室里。

她站在讲台上，喊讲台下的王冕："王冕，你告诉老师我为什么打你。"

高二（7）班所有学生都有些蒙，第一次看到打人打得这么理直气壮，打完还能这么盛气凌人地让挨打者交代挨揍原因的。

傅遇微抬下巴，看着双手撑在讲台上向王冕喊话的程肆——小姑娘的气势真是惊人。

曲小强喊她出去时，他还有些担心，现在看来，是他多虑了。

这世上好像没什么能让程肆觉得害怕的。

王冕在她眼里，可能不如一只蚂蚱。见多了其他女生对流氓王冕的退让和胆怯，傅遇突然有些好奇程肆接下来的做法了。

黑色的中性笔在他的指间流畅地旋转，转了一圈又一圈。傅遇转过头，再度看向王冕。

全班第一次这么齐心地期待一个人的反应。

大家齐刷刷地看着王冕，等待他的回答。

王冕自己都有些蒙，他根本没想过程肆会这么直截了当，还让他当众说原因。

别说揪女生内衣带子，以前就算他直接动手动脚，那些女生也无非是尖叫一声，或羞涩或嫌恶地躲开。没人敢言，更不敢怒。

至于那种完全不上道、不搭理他的，随便散布几句流言蜚语，也能让她们难堪一阵子。但现在程肆这个贱人，不但对他动手，还敢这样无耻地质问他！

王冕气得恨不得现在就撕碎她。但在曲小强严厉的目光下，他一脸不耐烦地回道："因为什么？因为你有病啊。"

程肆被他无赖的态度气到，她不紧不慢地嘲弄："到底是我有病还是你下流？"

高二（7）班了解王冕平时德行的学生，顿时明白过来，心照不宣地交换了眼神。

"啪嚓"一声，因为手指施力不均，傅遇转了一圈又一圈的笔，掉在了摊开的课本上。果然如他所想。

他的眼神冷了几分：这个王冕，到底要骚扰女生到什么时候？

傅遇见过几次王冕对其他女生的不轨行为，对白梦王冕更是三番五次骚扰。虽然他可以暂时帮女生摆脱当时的困境，但无法阻止类似事件一再发生。

因为这种事，受害者不站出来，别人很难强出头。

何况谁都知道，王冕无赖，沾上他准没好事。

傅遇厌恶王冕的行径，但王冕在他面前很识趣，从来都不招惹他。他们之间，向来泾渭分明。

李卯卯幸灾乐祸地低声跟同桌周星野说："可真是活该，王冕这次踢到铁板了。"

周星野扶了扶眼镜，看着女生低声赞赏道："新同学，够辣啊！"

王冕自知理亏，但又不甘心当众吃瘪。他一向能屈能伸，他立刻转换态度，故作委屈地反问程肆："你说说看，我哪里下流了？"

他自以为将了程肆一军，却忘了她和那些被他欺负惯了的女生不同。

程肆冷笑起来。她逐字逐句道："好，王冕，我告诉你：扯我内衣肩带，你下流——这是事实；我打你，但没把你打死——这是我善良，手下留情。我希望你懂得感恩，重新做人。"

说完，程肆转过头，平静地问曲小强："老师，我打他的理由足够充分吗？"

"……"

高二（7）班所有人目瞪口呆，他们被程肆的礼貌式威胁给震惊了。

"仙女霸霸"果然又有仙气又霸道！

曲小强看向王冕，眼神是前所未有的严肃。他不知道原来在自己的眼皮子底下，还发生着这样的脏事。

"老师！"王冕冤枉地大叫，"我没有！我只是拿笔拨了拨她的头发！我没有扯她内衣！不信……不信你可以问郁树。"说完王冕立刻指向他同桌。

所有人的目光又都转向他同桌。

"我去，真恶心，这不就是掐准了郁树不开口吗？"李卯卯看到王冕的低劣行为，翻了一个白眼。

所有人都知道，王冕的同桌郁树，是学校里知名的"哑巴"，一年听不到他说几句话。他习惯独来独往，不管谁跟他说话，他的反应都是一脸漠然。

　　加上王冕本身就是学校里的"恶霸"，此刻就算不是郁树，而是其他人，恐怕都不敢多管闲事。

　　王冕算准了这一点。他镇定自若地看着郁树："你跟老师说，我是不是没有那么做？"

　　说完，他还用脚暗暗踢了踢郁树的椅子，充满警告意味。

　　郁树看了看他，又看向讲台。

　　其实不管什么人，面对这样的情况，最好的解决方式就是回答"我没注意"。

　　果然，被所有人盯着的郁树，这个本身在学校里就想把自己变成透明人的男生，迅速低下了头。

　　曲小强怎么会不明白王冕这么做的用意，而郁树要敢违逆他，恐怕课下不会好过。他正想阻拦这种无效做证，那个头发乱糟糟、平时总是一言不发的少年，这次却小声而坚定地回了王冕一句："你有。"

　　王冕身体一震，他不敢置信地瞪着郁树，随即气急败坏地推着他的头，脸上的肉都颤了几下："你胡说什么！你信不信我废了你？"

　　"王冕！"曲小强没想到王冕胆大包天，当自己的面还敢威胁同学，他的怒气值已经上升到了顶点，"你马上出来！"

　　"程肆你先回座位。"曲小强说完，直接走下讲台，拽着仿佛要吃了郁树的王冕的衣领，把他揪了出去。身高一米七的他，拽着王冕一米八几的壮硕身体，显得有点力不从心，但态度很坚定。

　　沈嚣在学校旁边的小吃店吃完早饭，终于像只餍足的狮子，伸了个懒腰。他拿起桌子上的袋装牛奶，边喝边慢悠悠地朝学校走去。

　　其实他可以不迟到的，但他就是想慢慢走。

　　现在第一节课已经过半，校门口连政教处主任都不在了。

他一路畅通无阻地走到了教室门口，恰好碰到曲小强气冲冲地揪着王冕从教室里出来。

他尊敬地喊了句："老师好。"

"沈嚣，你开学第一天就迟到啊，先进去，我晚点再找你算账。"曲小强揪着王冕，没空搭理他，数落了他一句就让他进去了。

沈嚣抬脚踢开教室门，他实在没用力，但教室门不受控制地撞到墙上，发出咚的一声巨响。

沈嚣吓了一跳，什么破门，教室里还没从上一场纷争里回味过来的同学也被吓了一跳，纷纷抬起头朝他行注目礼。

李卯卯看到他，热情地挥手："嚣宝，这里这里，你干吗去了？怎么现在才来？"

程肆刚走回座位坐下，抬头打量了下李卯卯喊作"嚣宝"的男生，一听这称呼，一看这做派，这人大概就是传说中跟她名字异曲同工的沈嚣了。

这男生是挺有"校霸"的气质的。他站在门边，身高快齐门了。留着最考验人五官的板寸头，丝毫没有不妥帖的感觉，反而让他英俊的长相更具视觉冲击力。此刻他鼻梁上贴了个创可贴，双手插袋，嘴上叼了袋牛奶大大咧咧地站在那里，脸上一副"老子随时想揍人"的表情，真可谓人如其名地嚣张。

但他回答李卯卯的话真诚而朴实："吃饭。"

全班同学见怪不怪地听着沈嚣淡然说着迟到的理由。

沈嚣熟练地用脚把门关上，问李卯卯："我位置呢？"

李卯卯拍了拍程肆旁边的空位热情道："这里这里。"

"……"

程肆有些迷茫地望了望班里，好像确实就她旁边有一个空位。

这谁排的位置啊？虽然她不怕跟校霸同桌，但是她也没想到刚转学过来就碰到这么个"人间极品"，听起来就没法风平浪静、好好学习的样子。

沈嚣挑眉，一脸"李卯卯你是不是疯了"的威胁的表情，他从上幼儿园开始，就没跟女生同桌过。

李卯卯怎会不了解沈嚣的意思，他本来给沈嚣占了位置，谁知道班里会来一个转学生啊。关键是现在他崇拜程肆崇拜得要死，就跟他崇拜沈嚣一样。

所以，那一刻他像个月老转世似的，坚定认为，这个位置，现在除了他嚣宝，谁都不配。

"快来快来嚣宝。"李卯卯迫不及待地冲他挤了挤眼，一副欲言又止的模样。

沈嚣迈着长腿缓缓走过去，他有轻微的近视，走近了才看清：呦，这不是在学校门口，威胁她爸爸的那头张牙舞爪的小老虎吗？

程肆先到，她已经选了靠过道的位置，但沈嚣个高腿长，如果让他坐里面靠窗的位置，他显然有些憋屈。程肆略一思量，起身把文具都移到了里面靠窗的位置，主动把外面靠过道的位置让给了沈嚣。

李卯卯感激不尽，这是什么又霸道又体贴的仙女啊，对程肆的细致入微又多了一层崇拜。

沈嚣其实挺意外。他压根没打算坐下，原本是想让李卯卯挪过来填那个空位，他坐李卯卯的位置。

但程肆主动让位，而且是在众目睽睽之下。鬼使神差般，他突然改变了主意。

他在程肆身边的空位坐下，咚一声，把书包丢进了桌洞里。

在高二（7）班其他学生眼里，沈嚣这就算是默认了他和程肆的同桌关系。

"校霸"和暴力少女，这对同桌搭配……有点有趣。

沈嚣屁股还没坐热，李卯卯就迫不及待地开始拍马屁，但对象不是他——"新同学，佩服佩服，你太牛了！不畏强权啊，你知道你刚刚打的是谁吗？"李卯卯看着程肆，一副崇拜得五体投地的模样。

程肆低头翻书，笔在指尖转动了两下，她不是很在意地问："谁？校霸吗？"

"哈哈哈。"李卯卯看了眼正把书本从包里拿出来的沈嚣，骄傲道，"论校霸谁能有我嚣宝霸道啊，你说是吧，星野？"

一旁一直不怎么吭声却淡笑着听他们聊天的周星野，推了下鼻梁上时尚的银边眼镜，配合道："那必须的。"

沈嚣把书甩在桌子上，无奈地看了李卯卯一眼："你是傻子吧？"

李卯卯完全不惧沈嚣的嘲弄，兴奋地凑上前："嚣宝，你知道你同桌把谁给打了吗？她刚刚把王冕给打了！你没看到王冕那小子，可太好笑了，被打得完全没有还手的余地。"

沈嚣怔了一下——这女的把王冕打了？

虽然他见过身旁这只小白兔变身小老虎的模样，但想到王冕那几乎两倍于女生的庞大身体，他还是很难想象程肆打王冕的样子。

想到网上那种小老虎奶凶奶凶的样子，沈嚣被自己逗笑了。

虽然李卯卯说的是事实，但打人也不算什么光彩的事。何况程肆身旁这位可是"校霸"，这不是班门弄斧吗？

"你很闲吗？"程肆踢了一脚李卯卯的椅子，挑眉道，"转过头去。"

"好嘞，仙女霸霸。"李卯卯言听计从，仿佛成了程肆的狗腿子。

程肆："……"

"不过，"李卯卯转过头还没两秒，又不放心地回头交代程肆，"仙女霸霸你小心点，王冕那厮心眼小又阴险，以后少不了找你麻烦。"

"嗯。"程肆被动地接受来自这位聒噪新同学的建议，以及"仙女霸霸"这个莫名其妙的绰号。

"但是，"李卯卯加重语气，抑扬顿挫地说，"你也别怕，有我们在，你有什么事就告诉我们，毕竟你跟嚣宝同桌，以后嚣宝都会罩着你，是吧嚣宝？"

沈嚣瞥着给自己积极揽活的李卯卯，露出一个威胁的笑容："呵呵，我该谢谢你？"

就这姑娘在校门口对亲爹那模样，还有刚转学就敢把王冕这种无赖当众修理的架势，胆子简直肥得没边，用得着他罩？

沈嚣打了个哈欠，吃饱容易犯困，趴在桌子上补觉前，他冷冷地回了句："你家仙女霸霸狠起来一打三都绰绰有余，用得着你担心？"

程肆："啊？"

他为什么把她说得像狠角色的样子……

李卯卯："嗯？"

嚣宝难道认识程肆？这两人的名字……有关系？

李卯卯眼神在沈嚣和程肆之间来来回回，程肆终于忍不住，伸出手按着李卯卯头顶，强行把他的头扳了回去。

"李卯卯，不要讲话，不要打扰别的同学。"与此同时，前排的傅遇也回过头来，以班长的身份温和劝告道。

班长发话，班上其他本来讲小话的同学也都瞬间噤声了。

"好的班长。"李卯卯回应着傅遇，却直着脑袋有点发愣。他刚刚感受了一下仙女霸霸的手劲，真如嚣宝说的，可能仙女霸霸一打三都没什么问题，他有生之年脑袋第一次被女生这样强行指挥。

　　曲小强第一年教王冕，根本不了解王冕的个性。

　　此刻他觉得无比头疼，他把王冕叫出教室之后，本来想好好教育王冕一下，让他写份检讨，再好好给女同学道个歉。

　　谁知道王冕死不认账，他比受害者还委屈："老师，我刚刚太生气了才那样对郁树，主要是他们污蔑我。"

　　曲小强看着他，他继续否认："我承认我对新同学有好感，所以才跟她私下讲话，但我真没有扯她内衣肩带，这么不尊重同学的行为我怎么敢做？"

　　"郁树也污蔑你了？"曲小强提醒他。

　　"郁树本身就是一个怪人，谁知道他是不是因为新同学好看就偏向她。"

　　"……"

　　王冕出来后已经不慌了，他打定主意死不认账。

　　反正这件事情的真相只有他们三个人知道。

　　死不认账这一套，他太熟练了。

　　"你的意思是新同学冤枉你？"曲小强问。

　　"老师，你放心，大家都是同学，我不会跟她计较的。"王冕大言不惭。

　　"王冕！"曲小强的太阳穴跳了跳。

　　"老师，"王冕怎么会看不出曲小强拿他没有办法，他见好就收，"我知道，这件事确实怪我，打扰到新同学认真听课了。我会向她道歉的。但话说回来，没做过的事情，我是绝不会承认的！"

　　王冕死不认账，一时间，曲小强竟被他噎得不知道从哪里开始循循善诱，最后只好先放他回教室。

王冕大摇大摆地走进教室。路过程肆的位置时，他轻蔑地看了程肆一眼。

程肆倒也不意外，她见识过王冕的无赖伎俩，料到他肯定死不认账。她也没指望王冕能立刻悔改——无赖要是会轻易悔改，那就不叫无赖了。

她只是先给他画一条警戒线，好让他知晓：并不是每个女生都任他欺负，也不是每次骚扰，他都能不付出任何代价轻易得手。

曲小强心情沉重地回到教室。看到沈嚣竟然还趴在桌子上，他刚刚消停的太阳穴又跳动起来。

"沈嚣！"

"嗯。"沈嚣懒洋洋地应了曲小强一声，努力抬起头，装作认真听课的样子。

也不能太强人所难。

曲小强打开课本，继续讲课。

程肆有些吃惊，原来校霸还听课？

她只知道以前在麓湖时，关风从来都不听课，而且班主任对他也是睁一只眼闭一只眼，看来江夏的校霸还是会跟老师维持表面的和平。

下课时，曲小强宣布了两件事情。

"大家自选的座位先这么坐，等月考过后再根据成绩适当调整。"

"班长安排班里的任务，大家本周多熟悉，下周一评选班委，可自荐。"

程肆这才明白，现在班上的座位都是自行选择的。她之所以跟沈器同桌，是因为李卯卯提前给沈器占了位置，没人敢往这里坐而已。

这么个处于风口浪尖的座位，就被她撞上了……

"傅遇，你跟我来下。"曲小强离开前把傅遇叫了出去。

高一时傅遇就是他班上的班长，傅遇不仅成绩出色，而且为人处世冷静稳妥，心思又细腻，和那些还咋咋呼呼的同龄男生完全不同。几次处理学生之间的纷争时，曲小强都问过傅遇的意见，傅遇也总会跟他想到一起。而且傅遇不怕事，骨子里有种少年无所畏惧的正义，所以曲小强非常信任傅遇。

到办公室里，曲小强把王冕耍赖的事情跟傅遇说了下。他有些头疼，虽然他想让王冕检讨，当众道歉，但他怕触怒王冕让其更叛逆，为人师长，不能放弃每一个学生，他想更多地了解一下王冕的脾性再对症下药。

傅遇听到王冕的事，反应见怪不怪，他对曲小强的善良持保留意见。

他诚实地告诉曲小强："王冕不是第一次犯这样的事，程肆却是第一个这样反抗的人。"

他觉得程肆给王冕这样的教训未尝不好，或许只有这样王冕以后才会稍稍收敛一些。

曲小强有些意外地问："你知道王冕这些问题？"

傅遇高一时跟王冕并不在一个班。傅遇点头："私下见过几次他对女生不友好，而且同学间传闻众多，会听说一些。"

"好，我明白了。"曲小强若有所思地点了点头，打算之后对王冕重点关注一下。

沈嚚也是下课时才知道程肆的名字。

下课时，新来的转学生——性别女——把王冕给打了的消息已经插上翅膀一样，传遍了整个高二、高三年级。

除了新入学的高一新生，高二、高三谁不知道王冕的鼎鼎大名？

顿时，高二（7）班成了最大的人流途经地。

跟沈嚚平时关系好的那群损友也蜂拥而至，到他桌边，面上是找他玩，其实眼神都在程肆身上晃悠。他们还是第一次看到沈嚚跟女生同桌，而且这个女生还是把王冕教训了的人，长了一张"初恋脸"，却做着不良少女的事。

程肆怎么会感受不到人潮涌动，但事她已经惹了，只能像个熊猫一样任人围观。

她从小就没少惹是生非，也习惯被人注目。只是，她之前答应她舅舅，要在新学校做个"安静温柔的美少女"，这承诺怕是要彻底泡汤了。

男生们或坐或站，都挤在李卯卯跟周星野座位边，把这里围了个严实，跟看什么稀有动物似的，有两个还跟她搭话："哟，新同学，哪儿转过来的？""你在你们以前学校是校花吧？"

程肆知道这帮男生没有恶意，但他们问话时的表情却像在逗弄小猫。这让她不能忍。她索性学她犯困的同桌，课本一竖，埋下脑袋开始睡觉，谁都不理。

"哦——"男生们看到她的动作，拉长声音，"很酷哟。"

沈嚚还真没见过他这帮损友这么没见过世面的样子。他被他们聒噪的声音吵得脑壳疼，瞥了一眼装睡的程肆，他起身说："走了。"

说完他率先朝教室外走去，身边的人看沈嚚出去，也都跟随着他鱼贯而出。

一群人在教室外的走廊站定，有一人说："嚚哥，你新同桌很冷啊，跟她讲话都不回，冰山美人啊！"

李卯卯立刻为程肆辩护："是你们太吵了，吓到了我仙女霸霸好吧！"

"哟，卯卯这才刚坐上一节课就喊上爸爸了。"

"那可不，我就是被我仙女霸霸的魅力折服了，就像被嚣宝的魅力折服一样。"李卯卯一点都不觉得自己像狗腿子，"你们不知道，我仙女霸霸她真的又好看，又体贴，又霸气十足，我长这么大喜欢过无数女孩，但这可是第一位让我真正佩服的啊！"

说完他转头看向沈嚣调侃："嚣宝，你们是不是认识？或者，你还有同父异母的妹妹吗？"

"滚。"沈嚣不客气地踹了他一脚。

"也不对啊，如果同父异母那也是跟你一起姓沈啊，同母异父随母姓的话你妈也不姓程啊？"李卯卯百思不得其解，"但你们名字的气质为什么如此相似，而且你还知道她可以一挑三。你们之前是不是认识？"

"她叫什么名字？"沈嚣终于没了耐心，问道。

"程肆，放肆的肆。"

"哎哟，"身边那群损友开始起哄，"这名字，真是天生一对，地上绝配啊！"

程肆？沈嚣想了想女生肆无忌惮的行为，以及女生乖巧的长相，竟有种莫名的和谐感。

程肆与沈嚣……放在一起，确实连他自己都怀疑，这是不是同一对父母取出来的名字。

而他们的相似之处可不止名字——他们还同样拥有一个不负责任的爹。

中文博大精深，沈嚣只用一个字，就表达了自己这一刻复杂的心情——"滚。"

第二节是英语课。

不知道是不是所有学校的英语老师都长得漂亮又会打扮，反正程肆觉得她待过的两所高中都是如此。

开学第一节英语课，老师没有讲课本上的内容，而是用英语和大家闲聊。话题五花八门，比如假期发生的趣事，比如最喜欢哪个城市，比如长大后的梦想……唯一的要求是要用英语说。

新的英语老师很温柔亲切。有同学说得磕磕巴巴的，一个单词一个单词往外蹦，她也都笑着说 good（好），interesting（有趣）。

程肆英语很好。她初中去国外的姨妈家度假时，就能当个小领队，领着外公外婆到处转悠，用英语问路、打车、订餐厅、讨价杀价都不在话下。

恰好英语老师进班前从曲小强那里了解到，班上有一个从瑞士回来的转学生。

所以轮到程肆时，英语老师就特意问了程肆在瑞士生活的情况，从名胜风景到生活风俗，程肆应答如流。就算英语无比烂的李卯卯，也听得出她的发音极为漂亮。

"哇！"李卯卯本想夸一下他厉害的后桌，但想到英语老师制定的课堂规矩，必须说英语。

不过因为他的声音太大，大家都看着他，他最后涨红脸说了一句："very very good（非常非常好）。"

大家哄堂大笑，英语老师也笑着白了他一眼，为了让他听懂，说了课上第一句汉语："知道什么叫书到用时方恨少了吧李卯卯？"

不过知道程肆先前在瑞士生活，班上同学大概有点明白她为什么一进校就教训了王冕。

从国外回来的，那肯定不了解国内的情况——无知者无畏嘛。

接着轮到沈嚣了。

沈嚣就是那种一个单词一个单词往外蹦的类型，还摆着臭脸。

英语老师问沈嚣暑假生活怎么样，他说 boring（无趣）。

英语老师问他暑假都去干吗了，他说 sleep（睡觉）。

英语老师非常不信任地问，全部都用来睡觉了吗？沈嚣说 yes（对）。

英语老师最后开玩笑说："你是一个很帅的男孩子，但是拒绝交流的样子令我心碎。"

大家又哄笑起来。

沈嚣完全不在意大家的哄笑，坐下之前还对老师礼貌地回复了一句"thank you"。

听沈嚣和英语老师对话的方式，程肆觉得他的英语应该很烂，谁知道，英语老师在他坐下后，竟然也夸赞了一句："不客气，幸好你的英语成绩弥补了你的冷酷。"

程肆满心疑惑，这种一个单词一个单词冒的"校霸"，英语成绩很好？

英语老师的随和有趣，让一堂课结束得很快，程肆挺喜欢这样轻松愉悦的课堂氛围。

课间操结束时，曲小强要傅遇带程肆去领一下校服，顺便给她介绍介绍校园。

这是两人第二次单独相处。

傅遇尽职尽责地给程肆介绍校园——实验楼、艺体楼、图书馆，仿佛完全想不起他们互相欺骗的事，程肆便也配合地当好一个纯真可爱的新同学。

她还不时点头，然后发出"哇"的浮夸的赞叹声。

教学楼群高大巍峨，虽历经岁月的洗礼，但丝毫不显破落，倒与新区那些私立学校的"土豪风"形成鲜明对比，更显古朴和沉稳。

程肆的"哇"倒也不都是演的。她确实喜欢老区的环境，每一块砖瓦都有自己的故事。

但傅遇好像对她的"哇"有些不适应。

程肆第一次"哇"的时候，他明显顿了一下，因为感觉似乎被捉弄了。他垂眸看向程肆，眼神像四月的风，眼底则闪着温润的光。

傅遇以为程肆仍在为之前他骗她的事生气。也是，自以为骗术过人的小骗子，转眼发现自己也被骗了，当然会气恼。

那天晚上，他骗程肆自己二十岁，只是不想给琥珀姐惹麻烦，非他所愿。

虽然程肆也骗了他，但她骗人是她的事，他骗人便是他的不对。

想到以后还要做两年同学，抬头不见低头见的，他率先开口向程肆道歉："那天晚上骗了你，对不起。"

程肆看了傅遇一眼，没想到傅遇会突然这么正式地跟她道歉。

"我除了年龄和念大二是骗你的，其他都是真的。"傅遇看着她，认真道。

"那你到底多大？"傅遇的真诚，倒让程肆生出一些莫名的不自在。可她才不想客套，说什么"没关系，是我先说谎啊"这种话，太傻了。

"十七。"

"哦，比我大一岁这个事倒是没有骗我。"程肆眯着眼笑，点了点头。

傅遇看出程肆的心虚——虽然她有努力用嬉皮笑脸的样子掩饰她的

这份心虚。

程肆的脸圆圆的小小的，下巴却尖翘，此刻眯眼微笑的样子，像一只聪明狡黠的小狐狸。她确实聪明，胆子也肥，手劲也不小……

傅遇想起她教训王冕时的样子，忍不住笑起来。

她身上有种娇憨的倔强、纯真的霸道，以及理直气壮的任性。

"笑屁啊？"程肆不知道傅遇在想什么，还以为他是在嘲笑她"贼喊捉贼"，凶巴巴地瞪了他一眼。

"你怎么那么胆大包天啊？"想到王冕，傅遇有些担心。

程肆立刻明白过来他是指王冕的事："怎么？你觉得我做得不对吗？"

和解之后，她轻松许多，挑着眉双手环抱，从容不迫地问道。

"他很无赖。"傅遇说。

"我知道。"

"他身边还有一些挺浑的人跟着他，可能会报复你。"

"那又怎么样？"

"你……不害怕吗？"虽然傅遇打从见到这女生，就没从她身上看到过害怕这种气质，但他还是想提醒一下她。

"记得我怎么跟你介绍我名字的吗？"程肆看着傅遇，轻笑道。

"禾木程，放肆的肆。"傅遇答。

"对，放肆的肆，这个世界上，让我害怕的人，还没出生呢！"

说这话时，程肆正站在香樟树下，树影斑驳，可她的笑容却明朗如夏日晴空最灼眼的那道光。

"……"

好大的口气。

那一刻，虽然傅遇心里升上这句话，但他看着程肆的笑容，看着她明明身躯柔弱，眼底却满是不服输的肆意不羁，竟被她感染了。

他心里灰暗了许久的某个房间，仿佛被程肆一脚踹开了一个洞，有一束耀眼的光投射进来。而此后许多年，当他一次次身陷黑暗、面对风暴，一次次深入虎穴、九死一生时，他都会想起程肆明媚的笑脸，以及她无法无天的妄言。

她浅笑着眯着眼，放肆不羁地告诉他："这个世上，让我害怕的人，还没出生。"

"你觉得我做得不对吗？"程肆看着傅遇又问。

"你做得对，但……"程肆眼底似有永远明亮的烛火，傅遇不希望那火光有熄灭的一天，"你也要保护好自己。"

"放心吧。"程肆皱了皱鼻子，不经意地朝傅遇做了一个鬼脸。

"不负相遇。"走到教室门口时，程肆叫住傅遇。

傅遇歪头看向她。程肆像是犹豫了很久，终于小声地说："我除了年龄和读大一是骗你的，其他的也都是真的。"说完她高傲地转过脸。

傅遇怔了怔，唇角微微上扬："嗯。"

终于结束了一上午的课，下课时程肆舒了一口气。

刚结束悠闲的假期，上了一上午的课后大家都一脸菜色。

除了沈嚣。他上课时打了会儿盹，劳逸结合得很好，到了午休时间，看起来格外精神抖擞。

下课铃一响，所有人跟饥饿的小猪崽一样往食堂冲去。

李卯卯也迫不及待地回头拍着周星野的肩大喊："饿死我了，我现在饿得可以吞下一头牛。走啦走啦，老周，嚣宝。"

沈嚣刚从游戏中回过神，问："下课了啊？"

"是啊，走啊，赶紧去吃饭。"李卯卯一边催促沈嚣，回头看到慢悠悠在喝水的程肆，又热情地问她："仙女霸霸，去吃饭吗？要不要跟我们一起？"

程肆顿了一下，为李卯卯的猪脑子鼓掌，跟他们一起？

是嫌她在学校的名声不够响吗？今天来旁观她的人一拨接一拨，她要再跟她的校霸同桌一起去吃饭，那不更要惹人非议了吗？

虽然关风也是个校霸，她以前跟关风他们一起玩时，还特别擅长狐假虎威，可关风是她发小，沈嚣是她的谁？她可不能轻易借沈校霸的威风。

"走不走？"已经迈出去几步的沈嚣有些无语，李卯卯对他的同桌过于热情了。

而且他回头看到这女生举着水杯一脸谨慎地看了看他，有些不爽。什么眼神？一个刚转学过来就名扬全校的女校霸，装得挺忌惮他是什么意思？

"谢谢，但是我得回家吃饭。"程肆看着李卯卯期待的眼神，礼貌地回绝。

"哇，羡慕可以回家吃饭的人，我这等爹不亲娘不爱的可怜孩子就只能吃食堂了。"李卯卯口气里充满了羡慕，"那仙女霸霸，我们走了啊！"

程肆点了点头，李卯卯快速跳着去追沈嚣和周星野了。

程肆等班上的人都走得差不多了，才慢悠悠地站起来，她不喜欢赶人潮。

出校门打了个车回家，距离近，但天热。

余姨已经做好了三菜一汤，还给她做了一个小甜品降火。

大概上午学习太用功消耗了体力，此时饭菜格外可口。程肆满足地吃完饭，在房间里踱步消食时，温倾铭打来电话，不放心地问她新学校怎么样，同学之间相处得好不好。

程肆想了想上午发生的事，除了王冕那段，一切都挺好挺正常的。她肯定不能把王冕那段跟她舅舅说。她舅舅要知道她开学第一天就打人，准顺着手机电波来把她给揍一顿。不过她舅舅要是知道王冕骚扰她，也肯定立马飞回来打飞这个臭流氓。

听说温倾铭以前也是一暴躁校霸，没少跟人起冲突，让外公外婆操心。

程肆打哈哈地回："都挺好的，我这样温柔可人的女孩子，走到哪儿不是最受欢迎的女同学？"

温倾铭对她的自恋不置可否，不过他也知道，只要程肆卖乖装可爱，很难有人不喜欢她。但她性格太犟，遇到看不惯的人和事，热血沸腾过头，很容易闯祸。所以，他对程肆千叮咛万嘱咐的只有一句话："别惹事。"

程肆翻了个白眼，想反驳，但想了想实在没有立脚点，所以她不情不愿地回道："知道了。"

第四章

有事找你，
放学晚点走

◇

吃完午饭，王冕躲在体育室，跟平时几个要好的酒肉朋友共度饭后的美好时光。

但这"美好"很快就不好了。

大家都听说了程肆跟他的事，开始一句一句打趣他。

"冕哥你行不行啊，竟被一个女生打了？"

"哎，我听说，那个女生不但好看，身材还好，白梦都比不上她，嘿嘿……"一个男生笑得异常猥琐。

"冕哥，你这是不是叫……偷鸡不成蚀把米啊？哈哈哈。"

几个人笑得肆无忌惮。

王冕面子有些挂不住。他瞥了这些人一眼，不服道："你们厉害，你们厉害你们去搞定她，但凡你们从她身上占到半点便宜，我包在场所有人一个月饭钱怎么样？"

"真的假的？"一旁一直没怎么说话，在跟朋友发信息的杜思哲问。

杜思哲是高三的体育生，听说他情史丰富，反正从本校到外校，没少欺骗小姑娘感情。

"怎么，哲哥有兴趣？"王冕看到杜思哲应声，笑得不怀好意。

杜思哲是他们这些人中长得最帅的，加上练体育，肩宽腰窄，平时又是阳光暖男形象，把一群小姑娘骗得团团转，被甩了还为他要死要活的。

幸好杜思哲家穷，所以王冕才能把他笼络在身边。

"听你们说的，难度好像很高，这不挑起了我的好奇心吗？"杜思哲附和道。

杜思哲其实很看不上王冕。君子爱美女，就跟爱钱似的，得取之有道。像王冕这种直接硬来的，太低级了。

"哲哥一出手，就知有没有。"王冕似笑非笑地说，"这样，你只要弄到联系方式，我就包大家一个月饭钱，牵手包两个月怎么样？这些都做到了，哲哥再甩了她，我除了包大家一年饭钱，还给哲哥赞助第一年大学学费如何？"

虽然程肆才转到他们班不久，但以王冕看人的眼光，程肆这种刺玫瑰，还真不一定吃杜思哲那一套，所以他条件开得格外优厚。

"哇，这可是你说的啊冕哥？"周围人一听，立刻都来劲了。

"哲哥，怎么样，怎么样，有没有兴趣？"众人开始起哄。

杜思哲垂着眼听完了王冕的话。他的文化课不怎么需要担心，现在除了训练，他的课余时间也挺多的。打个有意思的赌，调剂调剂生活也不错。

杜思哲笑道："那我试试？"

不管多美的女生，多下下功夫就行了，女生喜欢的不都是那一套吗？他杜思哲可至今都还没踢到过铁板。

"那我就等哲哥手到擒来了。"王冕伸出手拍了两下以示鼓励。

"那我们就托哲哥的福了。"其他人也兴奋得跟自己是主角一样。

　　程肆在家换校服时，发现自己来例假了。下午第一节课是体育课，但她想着开学第一次的体育课，应该没什么剧烈运动，便没请假。

　　谁知道体育老师是人间狠人，直接开测八百米，形式是"女追男"。

　　全体男生先听哨声开跑，全体女生隔十秒钟后跑。如果有女生超过男生，那被反超的男生就要被罚做二十个俯卧撑。

　　程肆的体育一向很好，生理期跑八百米会有些不舒服，但问题也不大，反正又不是比赛，她用最舒服的姿态跑完全程就行。

　　男生们似乎都很怕被女生赶上，个个跟刚出笼的马似的玩命一样跑。

　　沈嚣一开始没想赢，他腿长，跑第一那是家常便饭。

　　但他没想到这次刚开跑，就有一个人抢先冲在了他前面。

　　傅遇穿着白色的校服，像只洁白的海鸟一样，姿态轻盈悠闲，将将甩开他几米。

　　沈嚣没想赢，但他也不允许自己输，特别是输给这个他眼里平日只会学习的人。

　　他立刻加快步伐，迈开腿追赶。

　　傅遇发现了沈嚣在猛追后，虽然表面上不动声色，但脚下显然更加快了。沈嚣当然不甘示弱，紧追不舍。

　　他们俩就这样你追我赶，一路跑在队伍最前面，将第三名远远甩在身后。

　　李卯卯看着这两人激烈的竞争，边跑边跟周星野讨论："老周，你猜，他俩谁跑第一？"

　　周星野气定神闲地跑着："你看好谁？"

"那必须是我嚣宝，我嚣宝天下无敌。"

"赌一顿徐记酒楼吧，我押傅遇第一。"

"你是不是人啊？嚣宝要知道你这么不信任他该多伤心。"

"你不想看看嚣宝受挫的样子吗？"周星野笑得不怀好意。

嗯？听周星野这么一说，李卯卯怎么觉得自己也有点期待。呸，他不能对不起嚣宝。

沈嚣生龙活虎地跑着，他只有一个念头：不能输。当然，他也不认为自己会输。

傅遇也有点吃惊，他自小就在进行长跑训练，多年来一直坚持，但因为沈嚣速度惊人，他也已经不按章法地猛冲了。

最后到达终点时，两人几乎不分先后。但沈嚣自己知道，要是按正式比赛的标准，傅遇会比他先撞线。

跑完之后，傅遇没有停，匀速跑了一会儿又减缓速度多跑了一段，才慢慢倒回终点，而沈嚣到达终点后直接急刹车，一步都不愿意多跑，脸跟平时一样臭，但心情比平时不爽多了。他要是没认真，跑第二还无所谓，关键是现在他算拼尽全力了，还跑了个第二。

跑第一的是这位看起来文质彬彬，一向都笑得很假的校草。沈嚣开始在心里发起人身攻击。

"哎呀，累死我了。"跑到终点的李卯卯以为他俩并列第一，拍着沈嚣的肩膀说，"牛啊嚣宝，还是第一。"

沈嚣的脸又臭了一分。虽然不想承认，但他还是从牙缝里挤出几个字："慢了一秒。"

周星野这个损友突然哈哈大笑起来。

"笑屁啊，烦不烦？"沈嚣瞪了周星野一眼。

"看你烦我就不烦啊！"周星野笑得更加欢畅了，"你这是第一次跑步没跑第一吧？"

八百米终于跑完了。

被追上的男生一共有六个，其中一个是王冕。他太胖了，跑完后根本站不起来，喘着粗气坐在地上，像头笨拙的河马。

体育老师让那六个男生一字排好。等全部女生都到达终点后，他招了招手，朝程肆和她后面的五个女生喊："最后六名女生，过来，做二十个仰卧起坐。"

程肆恰恰是倒数第六个，她差点一口血喷出来。

要知道还有这惩罚，她轻轻松松就能赶到倒数第七啊。

其他同学好像早就习惯了体育老师的"马后炮"，已经迅速把垫子拖了过来。

程肆认命，跟后面几位女生一起走到垫子边。

"来，这几位女生的同桌也出列，给帮忙摁住脚。"体育老师又指挥道。

什么？

程肆坐在垫子上，沉默两秒，扭头望向她的同桌。

班上其他人也都顺着她的眼神朝校霸看去，抱着看好戏的心情，热烈期待校霸会做何反应。

沈嚣跟之前一样面无表情。

李卯卯在旁边幸灾乐祸地推沈嚣一把："嚣宝快去快去，仙女霸霸需要你。"

程肆不知道老师的话能不能指挥动她这个同桌，但她看了一眼那仿佛用"老子很酷"这个表情在脸上做了个半永久面具的同桌，她不想坐以待毙，她可不能接受被拒绝的尴尬，幸好她还认识别人，她立刻在人群里寻找傅遇。

十七八岁的学生有着相似的青春气息，穿着校服站在一起，其实很难在人群中一眼看到某个人，但程肆就是一眼看到了傅遇。

傅遇也正看她，而且立刻接收到了她眼神里的求助信号，迈开腿向她走来。

沈嚣很生气，他刚开始看到程肆的目光，还有些不自然，他一向"生人勿近"，但他也并没有表示拒绝啊，但程肆的目光经过他后，立刻又转向了傅遇是什么意思，他顿时感觉比这次跑了第二还不爽，不爽透了。

虽然他很生气，一时分不清是气他同桌不信任他，还是气傅遇多管闲事，但他仍旧带着气……立刻，马上，风驰电掣，脚下生风地几步就跨到了程肆面前，用直挺挺的后背挡住了傅遇。

程肆被突然冒出来的沈嚣给惊了一下，虽然校霸脸上写满了"我很高傲我很冷漠"，但原来他也不是真的不近人情。行吧，看到校霸已经友善地帮自己了，她立刻礼貌客套地跟校霸保证道："放心，我很快的。"

沈嚣望着程肆的脚却有些犯难，一时估不清轻重，不知道到底用什么力度去摁。程肆疑惑地看着他，他立刻假装没事人一样，伸手按住她的鞋子。平时跟女生连话都不多说的他，第一次碰到女生的脚。女生穿着帆布鞋的脚非常瘦小，他一掌下去手心还空一半，他直接用手在女生脚上轻轻搭着，但是手指用力地摁在地上，形成一个环状。

体育老师喊了一声开始，旁边开始此起彼伏，运动的运动，看热闹的看热闹。

然后沈嚣明白了程肆说很快的意思，她做仰卧起坐确实很快，刚跑完八百米，旁边有的女生做了几个就起不来了，可程肆却动作标准地一口气做完了二十个仰卧起坐，甚至连二十秒都不到。

她做完放松地呼了一口气说"好了"时，沈嚣还没回过神来。

"谢了，下次你需要同桌时我也会全力相助的。"程肆白皙的脸变得通红，上面都是细细的汗珠，一双眼睛反而显得更加机灵。大概因为完成任务心情愉悦，她望着沈嚣微笑着道了个谢。

虽然他们做了一上午同桌了，但沈嚣看过程肆凶凶的样子，看过她酷酷的样子，现在还是第一次看到她不设防的笑。

程肆笑起来非常有感染力，仿佛骨子里都散发着真诚。

他不动声色地移开视线，淡淡地说了句"还挺厉害"，然后慢悠悠地起身，退到了一旁。

旁边体育老师看到程肆的速度也很吃惊。他打趣道："仰卧起坐挺厉害，刚刚跑步脚是被封印了？"

程肆心想，那不是刚刚不知道跑倒数有惩罚吗……但这种话不能对这位爱出怪招的体育老师说，免得他又想出什么惨绝人寰的惩罚方式。

她想了想，慢条斯理地编出个理由："嗯……刚刚在养精蓄锐。"

旁边的人听到都呆了。

"扑哧。"李卯卯有些好笑，低声跟沈嚣说，"真是绝了，拿八百米养精蓄锐，仙女霸霸到底是哪个星球来的小可爱啊，也太好笑了。"

沈嚣听到答案，也微不可察地扬了扬嘴角，这话说得……也不知道是谦虚还是骄傲。

虽然沈嚣笑得很隐蔽，但李卯卯立马察觉到了。

"哇，嚣宝你很开心啊，这笑得……"李卯卯碰了碰沈嚣的肩膀，挤眉弄眼道。

上一刻望着程肆还嘴角微扬的沈嚣，转过脸抬起眼皮看李卯卯时已经面无表情："你白内障还没治好。"

"……"李卯卯措手不及，他一头倒在周星野肩上装委屈哭诉，"老周，嚣宝看我就不笑了，又凶又毒舌。"

周星野伸出两根手指毫不留情地将李卯卯的脑袋从肩上推开，又加一层伤害："你——不——配。"

李卯卯受到了二次重创。

八百米跑跟惩罚结束之后，体育老师指着场边篮子里的排球，吩咐一到四人一组，开始练排球。

这就轻松多了，程肆舒了一口气，去场边捡起一个排球。

李卯卯热情地邀请她："仙女霸霸，快来组队，刚好我们前后桌四个人。"

跑了八百米又做了二十个仰卧起坐，程肆确实有些累。如果四人组队，她就可以光明正大地偷懒了。

她指尖转了下排球，问李卯卯："我能悄悄偷懒吗？"

"当然啊，当然可以。"李卯卯以为程肆不喜欢排球训练。

从进班就人狠话不多的仙女霸霸，此刻眨巴着大眼睛，虽然面无表情，但礼貌温柔地询问他是否可以偷懒，他顿时跟寻到一个表现机会一样，十分热情，点头如捣蒜地回道："给仙女霸霸打掩护是我的荣幸……"

队里其他两个人，每天看李卯卯的表现都像看一出戏。

"你不喜欢排球啊？"周星野好奇地问程肆。

"也不是，就比较菜吧。"程肆随便找了个借口。

大家热火朝天地开始练排球，有单人有组队，运动场上一片朝气蓬勃的景象。

体育课中途，体育老师接了个电话。他起身走到外面打电话的空隙，一声惊叫打破了这美好的景象。

"啊——"郁树被排球砸中脑袋，惊叫一声，捂着脑袋蹲在了地上。

"哎呀，你没事吧？"王冕跑到郁树身边，边捡球边装得一脸关切地问道，"不好意思啊，刚刚手滑。"

郁树捂着脑袋，看着王冕站起身，没有吭声。

所有人都知道，王冕是故意的。

程肆知道王冕可能会报复她或者郁树，但没想到他会这么明目张胆、有恃无恐。

她一时有些犯恶心。王冕有些像她小时候爬树时不小心沾到的毛毛虫，挂在她的毛衣上，又恶心又难以甩脱。

恰好这时，李卯卯将手里的球传向程肆。

她想都没想，往前走了几步，砰的一声，将手里的排球又准又狠地扣向王冕的脑袋。

王冕的后脑勺被砸了个正着，他痛骂一声。

高二（7）班的热心群众再度聚集：没想到上午第一节课的故事，在下午第一节课又有了续集。

王冕回头，很快就锁定了肇事者——又是程肆！

而程肆没空欣赏王冕的怒气。她跑向因为巨大的反冲力而滚远的排球，轻轻捡起，然后才看向王冕。她像片刻之前他关心郁树那样，也装得一脸关切："哎呀，不好意思啊，我排球打得太菜，手滑。"

"……"

周星野想：这稳准狠的劲头，是太菜的程度？

王冕要气疯了！

上午程肆敢反抗他，他觉得可能是她作为新生初来乍到，不了解情况，不知道自己得罪的是谁。但现在她怎么着都会听说他的"丰功伟绩"，怎么着也该收敛点。

所以他故意拿郁树开刀，但没想到这女生如此多管闲事。他再次被羞辱了，狠狠地瞪着程肆，举起手里的球朝程肆用力砸过去，边砸边骂："你是不是贱？"

程肆一瞬间也收起了虚假的关切，随即也抛出了手里的排球，精准地阻击了王冕砸向她的球，两个球在空中相撞，发出沉闷的响声，然后飞向旁边。

程肆面无表情，冷声道："先撩者贱。"

体育老师打完电话，注意到操场上不同寻常的动静，朝这边快步走来。

王冕阴鸷的眼神在老师和程肆之间反复跳跃了几下，最后他只掷下一句被反派说烂了的狠话："你给我等着！"

"呵。"程肆轻蔑一笑。

这声笑在王冕听来，比千万句唾骂都来得更有侮辱性。

"怎么了？怎么不练球了？"体育老师走到操场边，叉着腰问道。

王冕又瞪了程肆一眼，悻悻地走到另一边。大家也都装作无事发生，回头接着练球。

沈嚣总算将上午错过的"格斗片"补上了。

他想起王冕刚刚气急败坏的威胁，以及程肆冷冷的呵的一声嘲弄，终于明白了李卯卯叫程肆"仙女霸霸"的原因了，这女生确实有气势，也特别有气人的本事。

因为有体育老师坐镇，所以体育课终于没有再起什么波澜。但程肆跟王冕在体育课再起纷争这事，又开始在各年级疯传。

这下，没人不倒吸一口冷气：好家伙，这个程肆到底什么来头啊？国外回来的就这么桀骜不驯吗？

莫非……跟沈嚣一样？

有学生想起高一时沈嚣"封王"的往事。

高一刚开学，同学之间都还不熟，那时的沈嚣看起来就是一个不好招惹的冷酷帅哥，班上男生中还有另外一个备受瞩目的人物——每天上学放学劳斯莱斯接送，身旁还跟着保镖，好像是拿自己照着"F4"里的道明寺打造的，作风相当浮夸的一个富家少爷。

富家少爷一开始其实是想结交沈嚣的，但不管他怎么跟沈嚣说话，沈嚣不但一脸冷漠，最后还直接烦躁地回了少爷三个字"你很吵"。

少爷习惯了平时一堆人跟在身后想结交他，这么不识抬举的人，他还是第一次见。

面子扫地，他气急败坏，立刻摆出了平时的少爷做派痛骂："你算什么东西，本少爷给你脸了是不是？"

说完还不够消气，他决定给沈嚣来一个狠一点的下马威："你信不信明天我就让你从江夏消失？"

少爷说这话时，嗓门洪亮，掷地有声，班上所有同学都听得清清楚楚明明白白。那时大家都刚从不同的初中聚到一起，还不知道别人的底细深浅。

一开学按捺不住挑事的人挺多的，但口气这么大的还是第一个。

沈嚣转过头冷冷地看着少爷，第一次对他来了个挺长的注目礼："如果你好好给我道个歉，你刚才说的话，我就不计较了。"

言下之意，你要是不道歉，就有些危险了。

少爷一怔——他的家世足以让许多人对他望而生畏，所以他说话根本就没想留余地，但他没想到沈嚣竟然比他还敢口出狂言。

李卯卯比较了解沈嚣，沈嚣一向秉承的原则就是"不惹事，但嚣张"，但刚开学，一场大战眼看就要爆发，他立刻上前打圆场。

他拍了拍沈嚚的肩膀说："嚚宝息怒息怒。"接着又转头跟少爷说："哎，哥们儿，怎么回事呢？好好说话啊，大家未来几年同学，抬头不见低头见的，不带这么威胁人的啊。"

少爷被损了面子，已经气急败坏，对李卯卯的打圆场非但不领情，还转头立刻嫌弃地瞪了他一眼，轻蔑地说："闭嘴吧你这个哈巴狗，你再多说一句明天也让你一起消……"

他话都没说完，沈嚚的拳头就落了下来——正中鼻梁，少爷一瞬间就鼻血四溅。

周围学生纷纷尖叫起来，主动跳出座位以免受到波及。

少爷捂着流血的鼻子，怒不可遏地问沈嚚："你竟然敢打我，你知道我爸爸是谁吗？"

沈嚚上前一脚踹在少爷身上，少爷连人带椅子摔在地上。

"我管你爸爸是谁。"沈嚚一脸嚚张，"就算今天你爸爸是我都没用，你这个儿子我打定了。"

接着下去又是几拳，最后的结果，自然是冒牌道明寺连连求饶。沈嚚让他向李卯卯道了个歉，这事在他这儿就算结了。

可富家少爷没法迈过这个坎，丢人丢大发了。

当天放学，他就带了两个保镖在学校附近截住了沈嚚，准备一雪前耻。

那两保镖都是孔武有力的人，但谁都没料到，沈嚚也挺厉害，没比他们力气小多少，关键是机智敏捷，没几分钟，就把他俩摔趴在了地上。

最后沈嚚活动了一下脖子，一步一步走近躲在保镖背后的富家少爷，少爷看着跟个魔鬼一样的沈嚚，害怕地退后了两步。

沈嚚看着他瑟瑟发抖的样子有些好笑，沈嚚停在原地，不耐烦地对富家少爷说："人外有人，天外有天，有空好好读书，自己尿，就别装。最后一次忍你。"

那是富家少爷自打认识沈嚣，听到他说得最长的话。

随后两天，少爷照常上学，但整个人的气焰已经彻底不复从前了，连个小火星都找不着了。

又隔了两天，他就无声无息地从江夏退学了。

因为他回家就哭诉了这件事。少爷是家里四代单传，平时整个家族把他宠得无法无天。他家人看到宝贝被打得青一块紫一块，怒火攻心，直接派人查了沈嚣家，准备一锅端。然而少爷爸爸主动给他办了转学，少爷终于知道沈嚣说的"人外有人，天外有天"是什么意思了。

沈嚣没有要对方退学的意思，但对方退学了，他也不关心原因。只是从富家少爷消失后，整个学校都开始疯传沈嚣把那个坐劳斯莱斯的富家少爷打退学的故事。

沈嚣在江夏的校霸之路，就由此轰轰烈烈地开启了。

这还不算完，又过了一阵子，一条视频新闻在江夏疯传。

那则视频新闻的标题是"年仅十四岁初中生起诉富豪父亲重婚"。

几年前，这个新闻在湘城曾闹得尽人皆知。如今时过境迁，有人将这个"旧闻"发在学校的投稿墙上，并特意指明里面打了马赛克的那个初中生就是沈嚣本人。

跟油锅里进了水似的，大家一片沸腾。

"我就知道沈嚣是个狠人！"

"原来当年看的新闻主角是我同学系列。"

接着又有人在投稿墙透露：沈嚣的爹，他不是一个普普通通的"土豪"，而是本城超级无敌的"土豪"。

当年就因为这个新闻，他的公司股价连跌三天，损失足够全国贫困人口大鱼大肉地吃好几年。

这下，大家终于明白为何沈嚣撑得起他名字里的"嚣"字了——他这哪儿是平平无奇的嚣张啊！他这完全是个阎王啊，狠起来连自己亲爹和自己家公司都不放过，铁面无私、大义灭亲的真阎王。

所以少爷或许不仅仅被打退学了，说不定连少爷家都被端了。

　　程肆回到教室里，心事重重。

体育课上王冕对郁树的欺辱不会是第一次，也不会是最后一次。

郁树原本可以在江夏安安静静地度过他的高中生活，却因为她而彻底惹恼了王冕。

王冕当众惹事还好，但如果他使阴招呢？

程肆正想着，身后突然传来椅子拖地的刺耳声音。王冕回来了，郁树站起身，方便让王冕进自己座位。王冕踩着郁树的椅子进去，坐下后又踹了一脚他的桌子。

但没想到踹得过于用力，桌子往前面一倒，直接撞在了沈嚣身上。

沈嚣正侧坐着喝水，被桌子往前顶了一下，差点呛到。

"哎哟，不好意思我嚣哥。"王冕没想到会误伤别人，而且误伤的还是这个阎王爷。他立刻拍着沈嚣的背紧张地道歉："对不住对不住，刚刚是误伤，要不你踹我一脚？"

程肆大开眼界，她算是亲眼见识到了电视剧里那种古代佞臣的校园版。

　　被桌子撞那一下不疼，这要是别人撞的，沈嚣也就过去了。但看过王冕恶劣行径的沈嚣，不管他多殷勤小心，沈嚣都懒得跟他装熟，也懒得跟他说话。

"来来。"王冕见沈嚣面无表情地回头看他一眼，立刻把刚在超市买的饮料举到沈嚣面前，"嚣哥消消气，消消气。"

沈嚣低头看了一眼饮料，没接。

王冕有些尴尬，但依然保持笑容看着他。

俗话说，伸手不打笑脸人。最后，沈嚣回过头不再理他，王冕舒了一口气坐下。

程肆算是明白李卯卯说沈嚣才是校霸的原因了。原来她同桌确实是校霸，连王冕这样的恶人也要看其脸色。有句话怎么说来着？恶人自有恶人磨。

程肆心里一动，突然有了个奇妙的想法：她是不是可以向校霸下个单？

二三节是政治历史课。

上完体育课"元气大伤"，很多人进入养生模式。

沈嚣也竖着书本，进入埋头大睡状态，不知道是学习太好，还是不在乎。

程肆知道，一旦她考试成绩不理想，她舅舅准会给她弄一车补习老师来，所以她上课万分认真，不敢掉以轻心。

好不容易熬到下课，程肆合上课本，插上笔盖。她想去上卫生间，但扭头看到她同桌，完全是没打算醒的样子。

程肆忽然觉得自己让位让错了。谁知道她同桌会不会经常这样睡觉，那她以后出入岂不是挺不方便？不管了，她总不能连个来去自由都没有。

程肆站起身，稍月力地推沈嚣椅子靠背，希望睡梦中的他能感应到，稍微往前让一下。

结果这一推直接就把沈嚣给推醒了。

因为是来自后方的力，所以沈嚣一开始以为又是王冕作怪。

他抬起脑袋不悦地往后瞪去，然后瞪到了站在身后的程肆，程肆看了他一眼，这起床气还挺大？

但她又不可能像王冕之前碰到他那样，对他一顿阿谀奉承，所以她也面无表情地立在那里，无畏地瞅着他。

"哦——"沈嚣立刻反应过来是怎么回事了，他轻咳了一声，懒洋洋地站起身给程肆让路，并说了句"不好意思"。

男生因为刚睡醒，还有轻微的鼻音，没想到同桌这么礼貌客气，程肆也客气地回了句"谢谢"。

路上，程肆更觉得她的想法有戏。

据她观察，沈嚣是个挺干净的校霸，就是挺讲道理，不是那种不分青红皂白什么坏事都干的恶霸。

那这就一切好说了。

第三节课下课的时候，程肆去超市买了一袋零食，什么贵她挑什么，毕竟要表达诚意。

上完第四节课，她掐着时间，快下课的时候，她在本子上写了"有事找你，放学晚点走"，推给了沈嚣。

沈嚣正在打游戏，抽空看了一眼，有些惊讶，啊？

再转头看了同桌，程肆正目不斜视地望着讲台上的老师认真听课。他游戏还没打完，没法写字，于是不轻不重地嗯了一声，表示知道了。

老师一宣布下课，李卯卯立刻就转身凑过来看沈嚣打游戏，边看边赞叹沈嚣的手速、走位。

终于打完最后一局，李卯卯手舞足蹈地欢呼"漂亮"，周星野回头看了眼也连说"厉害"。

"咦？仙女霸霸，你还没走呢？"李卯卯收拾着书包问程肆。

"嗯，我有事找沈嚣。"

"啊？有事找嚣宝？"李卯卯停顿了一下，跟周星野迅速交换了一个好奇的眼神看了沈嚣一眼，立即双手抱拳双双告辞："那我们先走。"

"哎……"程肆想喊住他们说"一起听啊"，但他们已经迅速地逃之夭夭了。

班上同学也走得差不多后，沈嚣手指轻敲着书桌，等待他同桌开口。

"是这样的，我想下个单。"程肆收好书本，轻咳一声说。

"下单？"沈嚣疑惑。咋的？他什么时候开启了接单业务？

"不是不是……是想请你帮个忙。"程肆立刻纠正道。

沈嚣不说话，好看的眼睛看着他同桌，示意她说下去。他这个仙女霸霸同桌可不像会轻易开口找人帮忙的人。

"你也看到了，体育课王冕对郁树做的事。"因为程肆跟王冕最初发生冲突时沈嚣不在，所以程肆又把郁树给她做证的事情跟沈嚣大概讲了一遍。

"这件事纯粹因为郁树帮我做证才惹祸上身，我觉得他挺无辜的，而且你看到了，他是那种被欺负了都不会吭声也不会还手的人。所以，我想请你帮个忙，罩着郁树。"

沈嚣算听明白了，他同桌还挺讲义气，不担心自己，反倒先担心起别人来了。

"当然，这个忙也不会让你白帮。"程肆立刻从桌洞里掏出那一袋零食，捧到他面前。

沈嚣看着这袋零食，想起上节课这女生提过来时，他还以为她是一个吃零食狂魔，原来是给他的？他看起来像个吃零食狂魔？

他托着下巴，漫不经心地看了眼零食，想到女生说的"下单"，慢悠悠地问："这是……劳务费？"

"呃……也可以这么说吧。"

"我很贵的。"沈嚣坐地起价。

程肆当然不会觉得一袋零食就可以打发沈嚣，她早就做好了准备，这袋零食只是个示好的标志。

"没问题，只要你愿意帮这个忙，条件随便开。"不过看沈嚣同意了，她心里大石头落了地，豪爽得不得了。

沈嚣看着女生又眨巴眨巴着亮晶晶的眼睛等他开条件。

他伸出手站起身，轻轻拿走女生手上的零食说："行，以后想好了再说吧。"

"我事先说明。"程肆一把抓住沈嚣衣角，对这种没有当场谈好的条件格外谨慎，"你的条件不能违背伦理道德，不能违反校规，也不能……违背正义善良，我做不到的也不能强求我去做。"

沈嚣笑了，看到本来胆大如虎的女生露出谨慎如小猫咪的表情，他觉得还挺有意思。

"嗯。"他淡淡地应了下，拎着零食走了。

李卯卯跟周星野在篮球场等沈嚣。

看到沈嚣拎着一个袋子走过来，李卯卯冲上去，抢过袋子一看："咦，这不是我仙女霸霸上节课后买的那袋零食吗？"

他瞬间想象出了一篇校霸和校花的长篇网文："嚣宝，仙女霸霸找你……难道是……"

沈嚣知道李卯卯朝哪个方面想的，没搭理他。

但李卯卯说到这里又打住："这也不可能啊，以仙女霸霸的性格，她不可能喜欢你啊……"

沈嚣一下噎住，他转头看李卯卯，周星野扑哧一下笑了起来。

"不是不是。"感受到沈嚣的恶狠狠的凝视，李卯卯立刻连连辩解，"虽然嚣宝你帅气逼人，喜欢你的人不计其数，但是，仙女霸霸跟你也是差不多的类型，都属于酷得没边的那种，你知道吧，所以我的意思是感觉这不是她能做出的事。我可完全没有你不值得她喜欢的意思。"

"她请我帮忙罩着郁树。"沈嚣懒得听李卯卯废话，直截了当道。

"啊……怪不得，怪不得，这就说得通了。"

沈嚣抢过袋子，拿出两块巧克力，递到李卯卯跟周星野面前。李卯卯接过，伸长脑袋还想看看袋子里有什么可以挑，沈嚣已经又合上了袋子。

"……"

"你那么大一袋子零食就分我两块巧克力啊？"李卯卯边撕开袋子边不满道，"你不是不吃零食的吗？"

"知足吧！"周星野洞若观火般接话道，"有巧克力吃就不错了，说不定这块巧克力都不是白吃的。"

"聪明，劳务费。"沈嚣淡淡道。

"什么？"李卯卯把巧克力递到嘴边，停顿了下，谨慎地问，"什么劳务费？"

"以后罩着郁树的劳务费。"

"就这？"李卯卯咬了一口巧克力，"嚣宝你不厚道啊，仙女霸霸给了你那么多劳务费，你就分我们俩这么小一块巧克力，你这老板有点苛刻。"

沈嚣不理他，拎着袋子慢慢地往前走，李卯卯在后面跟着闹："你让我看看袋子里的零食，好歹让我再挑点什么，吃饱了才能干活吧？"

"你饿死鬼啊，没吃过零食？"沈嚣不耐烦道。

"我没吃过仙女霸霸给我买的零食啊！"

"滚！"

周星野握着巧克力，迈着长腿，优雅地走在一边跟着他俩，笑望着这两人，一个臭脸无奈，一个耍宝可爱。

温柔的光将三个人的影子拉长，落日在天边将天空染成金黄，绚烂而美好。

第五章

我不能当你爸爸

◇

沈嚣没罩过人，虽然在学校里没人敢惹他，但他也没拉帮结派过。

他所理解的"罩"的意思就是，让郁树在他的视线范围内，他走到哪儿让郁树跟到哪儿就行了。

所以晚自习的时候，他在走廊碰到郁树时，突然喊住他："哎，郁树。"

郁树吓得跟被点了穴似的，立刻原地站定，一动不动。

他紧张防备地看着沈嚣以及他身后的李卯卯和周星野，并不说话。

李卯卯笑嘻嘻地过去搭着他肩膀："看把你吓的。"

郁树瑟缩一下，想躲开，但没敢。

沈嚣说："以后你都跟着我们啊！"

郁树愣了愣，不解地看向沈嚣——这是校霸打人前的助兴方式吗？

"就是我们上厕所你就跟我们一起上厕所，我们去打球你就跟我们一起去打球，我们去哪儿你就跟我们到哪儿。"李卯卯跟他解释道。

"当然，如果我们旷课，你倒不必跟着旷课。"周星野补充道。

"为……为什么？"郁树不明白他们怎么会提出这种要求。

"当然为了保护你啊！"李卯卯说，"你放心，以后你就是嚣宝罩的人了，我们要保护你，王冕不能欺负你，其他人也不能欺负你。"

"为……为什么？"郁树有点害怕。

"你是十万个为什么吗？"沈嚣看郁树跟看傻子似的。

这种好事还用问为什么？他亲自罩人，开天辟地第一次，郁树不感谢也就算了，一副心存戒备的样子是什么意思？

郁树低下头。长得最像"好人"的周星野拍了拍他的肩道："你别怕，我们就是受人所托，保证你在这个学校不受别人欺负。"

除了程肆，郁树想不出来第二个人了。

其实他什么都没做，他只是从来不会说谎，把自己看到的实话实说了而已。

他知道会惹到王冕，但这是他自己该承受的，不是她的责任。

郁树唯唯诺诺地看了沈嚣一眼，虽然害怕，但还是鼓起勇气问："能不能……不要？"

不要？

沈嚣快被这哥们儿给逗乐了。

"不能。"他垂眸看着郁树，一副不容推却的口吻，"劳务费都收了，概不退单。"

"放心吧，我们没有恶意，不会勉强你去做你不想做的事。"周星野好心地安抚着看起来快吓破胆的男生。

郁树低下头，他倒不害怕他们三个做什么事，他高一就跟他们同班过，他看得出来，这三人为人都还挺正直的。他只是觉得，自己像他们说的那样跟在他们三个身边，像一个异类。

而他们三个在学校里又张扬。他害怕，也不想接受别人的目光打量。

但沈嚣说"不能"，他只能认命地低下了头："哦。"

原本的三人行，突然变成了四人行。

"郁树，你能不能走快点？"晚自习下课，沈嚣他们在走廊晃悠时，李卯卯第三次回头喊他。

郁树虽然同意了跟他们一起，但从不跟他们三个并排走。他总是畏畏缩缩地跟在他们身后，隔着一米开外的距离，弄得自己跟个跟踪狂似的。

沈嚣也觉得自己像在遛宠物。

"你别喊了，让他按他的节奏走吧。"沈嚣说。

他看出了郁树的难受。不过这几天先这么着，等之后大家都知道郁树是他身边的人，就可以放郁树"自由"了。

在明知道他罩着郁树的情况下，王冕再敢刁难郁树，那就是跟他过不去了。

沈嚣其他班上的朋友看到这模式奇特的四人行，纷纷打趣道："哟，你们怎么多了个尾巴？这谁啊？"

"这嚣宝罩的人，你们都认识一下，以后要是谁敢找郁树麻烦，能帮则帮啊！"李卯卯在一旁殷勤解释。

"为什么罩他？"有人问，"这不是那个怪人吗？"

不怪有人吃惊。郁树顶着一头鸟窝式的头发，戴着镜片厚厚的黑框眼镜，在外形上就有种说不上来的怪异。再加上他眼神永远朝地，走路总贴着墙根走，整个人总是处于一种躲躲闪闪的状态，是学校出了名的怪人。

"什么怪人，你能不能别这么称呼我亲爱的同学。"李卯卯反驳，并一把揽住郁树的肩膀，"他只是有自己独特的风格——你们想有还没有呢！"

周星野仍是那个包揽解释的人："罩他就是不想让他再被别人喊怪人，不想让他被谁欺负，以后多关照点啊！"

"成。"众人应道。虽然他们弄不清个中缘由，但沈嚣要罩的人，就是他们要罩的人。

转眼，校霸沈嚣要罩着怪人郁树的消息，就在全校传开了。

程肆真没料到，沈嚣是用这种方式罩人的……

但除了这种方式好像也没其他更直截了当的方式了。

只有让全校人都把沈嚣和郁树这两个名字紧密联系在一起，郁树才可能安全。

王冕也不傻，他怎么不懂沈嚣他们的意思。

所以晚自习他挺规矩，以前他都会踩着郁树的椅子晃脚，晚自习他没再踩了。

但他还是有些气不过。

放学的时候，他跑到沈嚣跟前，故作轻松地叫住他："嚣哥，你这有些不合适吧？"

"有什么不合适？"沈嚣眼神随意一瞥，净是不耐烦。

"你……知道……郁树这个人吧，他整天连个澡都不洗，你坐在他前面没闻到什么怪味吗？这么脏的人，你没必要罩他吧？"王冕找的理由牵强得可笑。

"你是卫生委员吗？"沈嚣问。

"啊？"

"那你管他洗不洗澡。"

旁边李卯卯笑了，周星野也跟着忍俊不禁。

"就是，王冕，你要是不想跟他做同桌可以换位置嘛！"李卯卯装作出主意的样子。

王冕听出李卯卯的阴阳怪气了。

他不想得罪沈嚣。他本以为沈嚣也是这么想的——非必要不得罪自己。可现在这种平衡被打破了，毕竟他没想到……连李卯卯这样的跟班都敢挤对他。

他没想跟郁树做同桌，当时来得晚了，班上没剩什么空位。他又不能坐沈嚣的位置，也懒得挑，所以坐在了郁树旁边，反正这个人对他来说就是一团空气。

谁知道，现在这空气，还变成了风云人物。

王冕知道一切都是程肆搞的鬼。就是因为知道程肆不是善类，所以他才把气撒在郁树身上。

现在……他看了看沈嚣冷淡的目光，突然觉得是自己鲁莽了，他不应该跑到沈嚣面前企图让沈嚣给他一个面子。很明显，沈嚣并不是一个好相处的人。

"行吧。那我先走了。"王冕强颜欢笑地跟他们道了个别，他不能把关系搞僵。

毕竟，他家再有钱，确实也比不上沈嚣家。

这就是沈嚣根本就不给他面子的原因吧。

王冕转过头，眼里尽显凶狠，好，很好，他暗暗心想，他要让他们都付出代价。

王冕这两天确实消停不少，起码没再故意找事。

程肆觉得找校霸罩果然是一个好对策。没什么担心的事，她全身心地投入学习的海洋中。

作为湘城有名的重点高中，江夏的学生平时看起来各有各的奇怪之处，但在学习这件事上，又各有各的神通。

就连她的校霸同桌，都有一套独属于自己的学习规律。

一天十一节课，校霸最多只花四节课的时间打打盹，其他时间还是保持清醒的。虽然不听课，但他看书；虽然看的不是教科书，却是奥数题练习册；虽然他的书非常干净，但他每天一页一页翻，从不停歇，也不写答案，也不知道他到底是会还是不会，非常神秘。

不过看得出来，数学老师对他很宠溺。

数学老师是一个微胖的伯伯，看起来就深不可测，讲起课来比语文老师更抑扬顿挫，中气十足，而且没有废话，所有解题思路清晰明了，深入浅出。

有时候他让大家做题时，自己会在教室里慢悠悠地踱步。每次走到沈嚣身边，他都会翻翻沈嚣的看书进度，了解他最近在死磕的方向，然后露出类似"不愧是我座下大弟子"的欣慰表情。

昨天沈嚣上数学课睡着了，数学老师讲完课走下讲台，跟敲木鱼似的，对着沈嚣脑袋敲了几下，把沈嚣敲醒，言语间却充满宠溺："臭小子，刚开学就睡觉。"

沈嚣抬起头，睡眼惺忪，懒洋洋地跟老师辩解："老师，睡觉跟开学多久无关，睡意每天是随机来的。"

有同学低声笑了起来，表示了赞同。

"是啊，老师。"李卯卯插嘴，"我上数学课就不爱睡觉，但每次英语课，我仿佛在听催眠曲。"

"那也没见你数学多好。"数学老师没好气道。

"数学在我成绩里已经排名前三了老师。"李卯卯大言不惭。

数学老师被逗笑，不理他，回到讲台上转身跟沈嚣说："你再睡觉就上来替我讲课啊！"

"那不行呢老师。"沈校霸思路很清晰，"我抢了您饭碗您不就失业了吗？"

大家又是一阵笑。

数学老师笑着做了个要打他的姿势："小兔崽子。"

程肆渐渐适应了江夏的气氛，她比在麓湖时安静多了。

以前在麓湖，她从来没有过自由的课间活动，朋友众多的她，不是陪这个唠嗑就是陪那个聊天，不是陪这个打球就是陪那个去卫生间。一群人，男男女女都有，常打打闹闹的，像疯子，但很快乐。

现在在江夏，下课就很清闲，她大多都是待在自己的座位上，要么看建筑类画报，要么拼乐高积木。

她有随身带一袋乐高积木的习惯，没事就琢磨着拼个什么小玩意儿。

不管拼乐高积木还是看建筑类画报，这两个爱好，都源于她舅舅温倾铭。

温倾铭是一个出色的建筑设计师，有自己的建筑事务所，忙起来恨不得见缝插针去做事。

但她小时候，温倾铭刚上大学的时候是闲暇的，那时他常常陪她玩。

逢年过节，温倾铭都会给她买乐高积木，开始她都是按说明书搭建，后来玩着玩着就开始天马行空，看到自己喜欢的画也会尝试搭建一下，温倾铭看到后欣喜若狂。从那以后，除了给她买乐高积木，温倾铭还开始给她买建筑类画报。不知道是不是受这些影响，以及温倾铭总是拿那种看神童一样的眼光看待程肆，慢慢地，程肆还会照着画报搭积木，或者按自己的想象搭建建筑。温倾铭曾跟温静懿直言，程肆以后一定会成为一位非常优秀的建筑设计师，因为她有这方面的强大天赋。

这些年，不用温倾铭送，程肆自己也会去舅舅的书房挑建筑方面的专业书来看。

她喜欢那些或威武或壮丽或简约或璀璨的建筑，看得越多，她越觉得，建筑设计师真的是世界上很奇妙很特别的一群人。有些建筑与自然山水巧妙结合，仿若外星人放在地球上的奇珍异宝。

那些奇思妙想，比她看过的任何魔术都更让她难以预料，且心驰神往。

李卯卯下课趴在沈嚣桌子上看沈嚣玩游戏时，扭头看到程肆玩乐高积木，问她："仙女霸霸你喜欢玩积木啊？"

"算是吧。"程肆拼拼建建，答得漫不经心。

李卯卯开始一心两用，一会儿看沈嚣打游戏，一会儿看程肆拼乐高积木。

隔了几节课，当李卯卯看到程肆搭出一个精巧的蘑菇屋时，他不禁发出了赞叹："哇，仙女霸霸！你太厉害了吧！你是我见过的第一个不按说明书，自己搭好房子的，这个房子也太可爱了吧！"

程肆谦虚地笑了笑，没告诉李卯卯，她乐高圈的朋友，每个人都能不看说明书搭出房子、车子、花草树木等很多东西，这并不是一项什么特别的技能，熟能生巧。搭出风格搭出创意才是大神。

"教我教我。"李卯卯举着蘑菇屋上下翻看，一脸想学习的热忱。

"我不会教啊……"程肆有些不好意思地拒绝道。

"你是不是觉得我笨？"李卯卯以为程肆谦虚，可怜巴巴地望着她。

"你还挺有自知之明。"旁边周星野不放过机会，立刻嗤笑嘲讽。

沈嚣也笑了下，像是附和周星野。

李卯卯感觉受到了巨大的羞辱。他委屈地转向程肆求救："仙女霸霸，他们都笑我，你一定要教我，让我用成绩来扇这两个人的脸。"

"……"

虽然李卯卯看起来是不太聪明的样子，但说不定拼乐高积木有天赋呢，程肆想。

于是她拿了一包零件分给李卯卯："那你先用这包零件拼一颗爱心出来吧，要把零件全部用完。"

"很难吗？"李卯卯接过零件包，边问边挑衅地看沈嚣和周星野。

"不难吧。"程肆犹豫了一下，心里揣测：就是可能会消磨掉你想学习的念头……

其他两个人但笑不语。

李卯卯不看沈嚣打游戏了，转头回到自己课桌上开始钻研。

钻研了整整一节课。

最后下课，他虚弱地看着程肆问："有没有简单一点的？"

旁边周星野和沈嚣笑得就差把"你果然是个猪"写在脸上了。

李卯卯气愤地辩解："你们笑什么，是真的很难好不好？不信你们来，谁拼出来我管谁叫爸爸。"

沈嚣连连摆手拒绝："不了吧，要是有你这样的儿子，我怕别人会觉得爹也蠢。"

程肆："……"

校霸可真损，日常是吃"笋"长大的吧。

"我今天就不信了，难道你什么都行啊？"李卯卯不服地把零件包塞到沈嚣手里："你来。"

沈嚣放下手机，不屑道："爸爸给你露一手。"

沈嚣拆开零件包后没有立刻动手，而是先仔细观察了一下不同形状的部件。

李卯卯以为他犯了难，得意地轻敲沈嚣的桌子："爸爸？您到底行不行啊？"

"男人可不能说不行啊！"周星野在旁边笑得跟个看热闹的狐狸一样。

程肆边看自己的画报，边看了沈嚣一眼。

恰好沈嚣也朝她望来，程肆一顿，犹豫了下，严肃地说："我不能当你爸爸，你还是自己拼吧。"女生说完这话后一脸无辜，眼神真诚而清澈，但嘴角扬起一丝似笑非笑的弧度。

"哈哈哈哈……"李卯卯拍着桌子笑得惊天动地，感觉程肆给他报了仇似的，他直冲她作揖。

周星野也笑得非常幸灾乐祸，他发现程肆真是什么都敢说。

"……"沈嚣第一次被女生这么戏谑，但他发现自己竟然不觉得生气，反而被激发出认真对待的斗志。

其实他小时候玩过几套乐高积木，也随手搭建过一些小东西，只不过现在拿到零件突然有些陌生，而且那个时候年龄还小，搭建出来的大多都是平面简易的。

这个零件包里的零件，搭建出来肯定是一个立体爱心。

沈嚣稍稍思考了下，把零件都分类了，然后开始揣摩着动手拼。

"真会啊。"李卯卯趴在旁边一动不动地看着。

沈嚣不说话，但上课铃响时，一个立体的爱心在沈嚣手里宣告完成。

沈嚣还顺手从程肆桌上的零件包里又拿了几个零件，搭了一个简易底座，刚好可以把爱心立在上面。

"我去，牛啊！"李卯卯立刻服了。

"拿去膜拜瞻仰吧。"沈嚣丢给李卯卯。

然后，他转头看着程肆，在桌上敲了敲，像在活动手指。他清了清嗓子问："怎样？我这速度……没给乐高达人同桌丢脸吧？"

程肆暗暗好笑，她第一次发觉，她这个校霸同桌其实傲得有些可爱。

她觉得，沈嚣心里明明有只翘着尾巴的小恐龙在得意扬扬地求表扬，但他表面上装得一本正经的，只是旁敲侧击，骄傲地希望她主动夸赞。

程肆当然——如他所愿啊，毕竟她有需要同桌大佬帮助的地方。

所以她不遗余力地夸赞他："哇，没想到你这么厉害。"

沈嚣心里的小恐龙仿佛已经在欢蹦乱跳地喊"那还用说"，但他表面上平静坦然地回道："过奖。"

程肆终于忍不住抿嘴偷笑了下，为自己对沈嚣心思的绝美演绎笑了。

李卯卯又研究了一节课，下课的时候终于伸了伸懒腰宣布："我学会了。"

当着程肆的面他又重新拼了一遍，然后让程肆再给他出个题。

程肆替换了一些零件后，又把零件包推给李卯卯："拼一个立体笑脸吧。"

李卯卯信心满满地接过，埋头苦拼了一节课……

嗯，他又不会了。

周三中午下课，程肆突然想吃学校门口的小吃"炸炸炸"。

她跟余姨打电话交代了下不回去吃饭了。

下课时她依旧等班上人基本走完了，才站起身悠闲地往外走。

走到傅遇的位置时，她发现他还在低头看书。

"不负相遇，你不去吃饭啊？"她喊他。

"嗯，现在人多，晚点再去。"傅遇解释。

她看了眼傅遇的课桌，却发现傅遇在看的并不是他们的教科书，傅遇课桌旁边还堆着其他几本砖头一样厚的政法类的专业书。

"你看的这是？"程肆有些吃惊。

"呃……"傅遇犹豫了下笑道，"业余爱好。"

校草连业余爱好都这么不同凡响吗？

——大概校草以后想当律师吧。

程肆冲他竖了个大拇指比了个赞，离开了教室。

傅遇正活动因长时间低头看书而僵硬的脖颈时，刚好看到程肆的背影消失在教室门口。

他想起昨天晚上，在"虎口余生"，安琥珀给他结工资时说的话。

"小遇，我有个妹妹转到你们学校了哟。你有空帮我照看下我这个妹妹，她叫……"

"程肆？"没等安琥珀介绍完，傅遇就猜到了。

"你怎么知道？"安琥珀很意外。

"她前几天来过这里了。"

"哦。"安琥珀最近都不在，也是刚回来才听温倾铭说起的。"你们认识啦？"

"嗯，我们同班。"

"哎哟，这么巧？"安琥珀打趣，"想不到你们还有这种缘分。"

傅遇笑笑，没有接话。

安琥珀知道傅遇的性格，看着温和好相处，其实界限感很强。在这里打工的这段时间，他和谁都没闹过矛盾，但又和谁都不亲近。

安琥珀不放心程肆这个她从小看着长大的孩子，傅遇又是信得过的人，所以她特意跟他念叨了一下："你不知道，这位公主，从小到大都调皮得不得了，性子好恶分明，没少让她舅舅操心。现在她刚转到江夏，人生地不熟的，她在学校里有什么事你跟我招呼一声啊！"

安琥珀话里话外，都显出她跟程肆的亲昵和对程肆的关心。

傅遇想到开学第一天就在学校里"一鸣惊人"的少女，想起斑驳树影下她明净的笑脸，并没有把学校里的事告诉安琥珀，只是冲安琥珀点了点头，承诺道："我知道了，琥珀姐。她是你妹妹，我也会把她当妹妹照看的。"

安琥珀满意地点了点头。她了解傅遇的性子，只要他承诺了，就不会食言。

学校门口的小吃店空间有限，程肆买完小吃也没在拥挤的店里坐，而是直接捧着，慢悠悠地在附近晃荡，想看看还有什么其他小吃。

迎面走来三个说说笑笑的女生，看到她时眼神都闪了闪。

走到近处，中间的女生突然推了一把右边的女生，而那个女生顺势就撞上了程肆的肩膀。

程肆一个趔趄，人倒是站住了，但手里的小吃盒画出一道美丽的抛物线，落在了地上。

"瞎了你的狗眼。"程肆还没来得及反应，撞她的女生已经激昂开骂了。

"啊？"程肆一头雾水，对方反应这么激烈，倒让她一时间有些不明白到底是谁撞了谁，但她懒得计较，也不想再惹事。

她蹲下身，把地上已经变成垃圾的小吃简单收拾了一下，准备丢进垃圾桶里。

三个女生看程肆默不作声，一副息事宁人的态度，一时竟有些摸不准她的套路。

她们本来就是王冕找来收拾程肆的。照王冕的说法，眼前这个被骂了还无动于衷的女生，可是个一言不合就开打的女校霸。

可现在看她的反应……怎么不太像啊？

三人交换了一下眼神，中间那个高瘦的女生方霏霏走上前，抓住程肆的肩膀把她的身体硬扳过来，讥笑道："哟，这不是新来的转学生吗，听说你很嚣张啊？"

因为没有防备，程肆的身体被她扳得晃了一下，手里刚收拾好的小吃盒又差点飞出去。

程肆瞥了对方一眼，心里叹了口气——怎么她想做个安安静静的美少女就这么难呢？

她边忧郁地想着，边抬手扣住方霏霏的手腕，往反方向一扭。方霏霏立刻"哎哟"叫了一声，同时放开了对程肆的控制。

程肆走到垃圾桶旁，把小吃盒丢掉，又从口袋里掏出纸巾擦了擦手。随后她才转过身，慢悠悠地冲那三个女生道："我也没跑到你们面前嚣张，有什么问题吗？"

程肆的声音清甜，要不是话里带刺，怎么看都是那种好欺负的人。

而被卸了面子的女生首领方霏霏掏出打火机，边吧嗒吧嗒地不断打火制造吓唬人的气氛，边和两个同伴逼近程肆。

她们半包围在程肆身前，方霏霏学着程肆慢悠悠的语调，说："问题倒没什么问题，就是看你不顺眼。"

"哦。那抠眼珠吧！"

"什么？"方霏霏玩打火机的动作停住了。

"我说，你看我不顺眼就抠掉自己的眼珠吧，反正我又不会改。"程肆好心地重复了一遍。

"你是不是觉得自己还挺机灵？"方霏霏边骂边举起火机朝程肆脸上挥了过去。

方霏霏比程肆高，力气也不小，但程肆动作敏捷地向后退了一步，让对方挥了个空。

没听说过打人不打脸吗？怎么上来就针对脸？

一击没中，第二击紧随其后。但这次程肆有了充足的准备，顺势就握住了方霏霏的手腕，稍一用力，对方就因痛撒手，手里的打火机掉在地上。

方霏霏吃痛的同时，另一只手已经朝程肆的头发扯去。

程肆有些暴躁，不是要毁容就是想让她秃，方霏霏的每一步动作都踩在了她的爆发点上。

她偏头躲过，精准地用力捏住了方霏霏另一只手腕。

方霏霏双手被控制，动弹不得，又伸出脚踹，程肆敏捷地伸腿把她的脚也踢了下去，然后程肆轻轻一推。方霏霏根本就没料到，程肆看似轻松的一推，让她根本无法控制自己的身体，直接趔趄着向后倒去，两旁的女生迅速扶住了她。

这条小吃街本就像江夏的校外食堂，每到饭口，人流量巨大。

几个女生跟程肆的冲突，早惊动了路过的学生们。胆小的赶紧低头避着走，胆大的三三两两聚在一起，站在旁边看热闹。

傅遇正看书时，收到白梦发来的信息："程肆在小吃街被高三那群不良女生截住了！怎么办？"

　　因为程肆对王冕的反击，白梦对程肆充满了好感。程肆做了她一直想做却从来不敢做的事，所以虽然她和程肆从来没有说过一句话，但当她在小吃街看到程肆被几个女生截住时，她急得跟热锅上的蚂蚁似的。

　　她六神无主，唯一能想起的事，就是向傅遇求助。

　　傅遇心里一沉，站起身匆匆朝校外跑去。

　　方霏霏没想到程肆还有两下子，但她也不是吃素的，更何况众目睽睽之下，她怎么能被程肆占了上风？她丢不起这个人！

　　她转头冲扶住她的两个女生低声说：“一起上。”

　　程肆看出了她的意图，举起手冲方霏霏做了个暂停的动作。程肆本身就无意跟女生发生冲突，所以一直只是防御姿态，刚刚见招拆招，也仅仅是让她们明白，她不惹事，但她也不怕事。而且周围凑过来的人越来越多，她不想成为众人关注的焦点。

　　方霏霏看到她的动作冷笑一声：“有屁快放。”

　　程肆皱了皱眉，但本着解决事情的想法，她还是耐心地问道：“我们之间应该无冤无仇吧？”

　　方霏霏看着她，不知道她什么意思。程肆继续说：“我不想打架，更不想跟女生打架，今天这事也不值得我们打架，所以，我建议，我们当作什么都没发生，各走各的。你看怎么样？”

　　“哈哈。”方霏霏跟同伴仿佛被程肆的幽默逗笑了——都兵戎相见了，她还打算退？

　　“不怎么样。”方霏霏说，“要是有冤仇呢？”

　　“我们素不相识，你是替别人报仇吧？”程肆问。

　　方霏霏不能供出王冕，她冷哼一声：“哪儿那么多废话！”

　　程肆认真道：“我真建议你们别报了，冤冤相报何时了。”

"我们打完，你再拿这句话开导自己吧！"方霏霏说完，招呼身边两个女生一起冲了上来。

周围的人都屏息以待，睁大眼睛看着这场战局的情况。

程肆淡定地站在原地，在三个女生一起扑上来时，她错开身来，先是伸出手抓住了两旁的女生往后拖了一下，然后摁住两个女生的肩膀，将她们当成支撑点，轻松弹跳起来踢中方霏霏将其踹倒。接着她又回身拉住另外两个女生的手臂，一推一拉，像之前那样，轻松地将她们推倒在地。

这一场大家期待的女生混战自始至终不到十秒，谁都没料到程肆不过一个轻松的推拉招式，就将三个女生直接撂倒，围观的人目瞪口呆，此起彼伏发出了感叹。

三个女生都没被伤到，陆续从地上起身。她们瞪着程肆，但心中有所忌惮，没敢上前。这次她们确实看出来了，程肆是在让着她们。

程肆不像普通女生胡乱抓挠——程肆是有招式的，知道人体关节的弱点，懂得用四两拨千斤的巧劲。

她们三人平时在学校耀武扬威惯了，但那只是拿气势吓人。要真遇到厉害的角色，比如程肆这种，就没有什么胜算了。

方霏霏向一旁瞟了一眼。

"哎，漂亮妹妹没必要起冲突吧，有什么让我们男孩子去解决不就好了。"一旁一直在看热闹的杜思哲，在方霏霏眼神的示意下，终于走了出来。

其实这是他和方霏霏她们一早串通好的：女生先去找程肆挑事，先揍她一顿，然后杜思哲顺势出手救下这个转学生校霸妹妹。

这样既帮王冕出了一口恶气，他又可以顺势认识程肆，进行接下来的计划。

只是没想到这个看起来漂漂亮亮、斯文安静的姑娘有点厉害，估摸着女生们是打不过她了，看到方霏霏的求救，杜思哲也赶紧跳到自己"英雄救美"的戏份。

"新来的校花学妹吧……"杜思哲走到程肆身边，想伸手拍拍她的肩膀，却被人挡开了。

程肆正想着：这是哪里钻出来的土拨鼠？还没来得及动身躲避，已经有人站在她面前，替她挡掉了那记没有分寸的触碰。

是傅遇。

他和杜思哲穿着一样的校服。但校服在傅遇身上，看起来就是要比别的男生来得干净又有质感。

"啊，傅遇啊。"杜思哲的手尴尬地停住了，看清来人打了个招呼后，便落在傅遇肩上，"是你们班的校花妹妹吧？"

"嗯。"傅遇应了一声。他环顾一圈，又冷声道："没事了吧？没事我先带她回去了。"

傅遇转身看了一眼程肆，示意她跟着自己离开现场。

程肆正愁不知怎么收场，看到傅遇时心里莫名松了口气。她歪着头，又看了一眼已经不敢和她动手的三个女生，以及不知哪里冒出来的、言行间又透着古怪的杜思哲，不再计较，然后理直气壮地跟傅遇一起走了。

"……"

杜思哲仿佛有血卡在喉咙里。他这么详细缜密的计划，自己还没发挥竟然就这么草草结束了。

他郁悒地看着两人的背影，最后只好转过头，装作数落三位女生，实则给三位女生救场道："不是我说你们，你们怎么还是这么冲动，女孩子家家的别动不动就这么暴躁，大家都是一个学校的，真没必要啊，我们都是学长学姐，应该让着学妹是吧？走吧走吧，别放在心上了。"

说完，他又冲周围的人说："散了散了，都散了，没事了。"

"你怎么过来了？"走出一段距离后，程肆问傅遇。

傅遇顿了一下，说了一个无关的答案："吃饭。"

"幸好你来救场了，不然我真不知道怎么应付。"程肆叹了口气。"打轻了她们不服，打重了我不忍心，打伤了我得赔医药费，不打又显得我很尿。"

傅遇看着程肆一脸烦恼的模样，哑然失笑。他本以为她是那种热血沸腾就不管不顾的女生，现在看来是他妄下结论了。

在来的路上，他因过于焦急，跑得心脏都快爆炸了。他想过可能会看到程肆以一敌众的惊人场面，也想过可能会看到程肆和其他女生互扯头发在地上打滚的混乱场面，却没想过会看到她站在人群中间，苦口婆心地说出"冤冤相报何时了"这种话来。

有点出乎他的意料，又有点——可爱。

其实傅遇也认得那三个学姐，她们之前和王冕常来往，而后面假装中立的杜思哲，也是常跟王冕厮混的人。程肆逛个小吃街就莫名被找碴儿的真相，很快就呼之欲出了。

"我以为这两天王冕消停了，没想到他是在导演这场大戏呢。"

"你怎么知道是王冕？"傅遇惊讶，程肆竟然和他想到一块去了。

"我刚来，人生地不熟的，除了王冕，我还能跟谁结私仇？"程肆有理有据地分析道，"而且最后那个男生一出来，看起来就不怀好意贼眉鼠眼心术不正，一看就知道跟王冕是一路人。"

"……"

傅遇怔了一下，忽然控制不住地笑起来。

程肆到底是怎么通过现象看出的本质呢？别的女生都觉得杜思哲长相帅气，言行像个暖男，怎么她就从刚刚的只言片语中，直接得出这么一个毒辣但准确的结论？

程肆不知道他在笑什么，困惑地问道："笑点何在？"

傅遇止住笑，说了实话："最后出来的那个男生，是学校里公认的暖男，喜欢他的女生挺多的。"

"是吗？"程肆完全不在意别人的看法，反正她对那个男生莫名反感。

"嗯，但是……你有火眼金睛。"傅遇想起杜思哲对其他女生做过的缺德事，肯定地补充了一句。

"我就说嘛。"程肆听到夸赞骄傲道，"我怎么可能会看走眼？"

傅遇看到她骄傲的表情，心情莫名就明朗起来。他问程肆："你吃饭了没？"

"吃的被她们撞翻喂大地母亲了。"程肆突然想到自己的"炸炸炸"，还有些可惜。

"要不要去餐厅吃？"

"我还没去过学校的餐厅呢。"

"走吧，带你去参观一下。"

"我没餐卡。"

"我请你。"

第六章

早恋是个什么玩意儿？

✧

程肆跟打火机女生发生冲突的事，被人录了视频发到了学校的投稿墙上，还被起了危言耸听的标题：高二学妹单挑高三三位学姐。

一时间程肆在学校风头无两。

"真是丢人丢到姥姥家了。"第二天下午，学校实验楼的天台上，方霏霏气得想摔东西。她在江夏前两年顺风顺水春风得意，这第三年该毕业了，竟突然被程肆搞得脸面全无。她打算再找几个人去围堵程肆，旁边几个同伴也"义愤填膺"，外带火上浇油地安慰她。

王冕在一边说着风凉话："现在大家都知道她的实力了吧。"

"我多找点人，我就不信治不住她。"方霏霏愤愤不平。

旁边杜思哲没吭声，王冕转头问杜思哲："哲哥，你怎么看？"

"就算能找人对付她，难保她身边没有下一个傅遇这种多管闲事的。"

杜思哲虽然不打算再参与，但还是给出了比较中肯的意见。

"对。"王冕点头，之前八竿子打不着的沈器不就站在程肆一边了吗，莫名维护着郁树，他冷笑，"多管闲事的说不定还不止一两个，所以，下次要么不出手，要出手就得一网打尽。"

"你有什么主意？"方霏霏看向王冕。

"你们别管了。"王冕满不在乎道。

方霏霏看了王冕一眼，噤声了，杜思哲也没再说话。

关风是从别人口中得知程肆回来的。

很多学校都有那种网络投稿墙，投稿墙上有各种信息，看校花校草的，听八卦新闻的，反正人人都可以投稿，投稿墙再匿名把消息发出来。

有人就喜欢在各个学校的投稿墙转悠，关注各个学校的校花校草的最新动态。

关风身边就有这么一位无聊的小兄弟，本来是上去看漂亮女生的，不期然看到了江夏投稿墙上那个"高二学妹单挑高三三位学姐"的视频。

"风哥风哥。"关风的小兄弟发给关风看，"你看江夏这个高二学妹长得是不是特别像肆公主？"

关风点开视频，只看了一眼，犹如被雷劈了。什么特别像，这不就是程肆本人吗？

"什么江夏高二学妹？"关风拿着手机疑惑地问道。

小兄弟把视频出处给他说了一下，关风来回又看了几遍，确定这就是程肆，她化成骷髅化成灰他都认识。但现在这是怎么回事？程肆不是还在瑞士吗？她回来了吗？什么时候回来的？为什么在江夏？他满脑子疑问，且满腹委屈，为什么程肆回来没告诉他？他不是她最好的朋友吗？

他立马就给程肆打电话，但没人接，他又给她发消息："你在哪里？""你是不是回来了？""为什么回来不告诉我？""（嘤嘤哭表情）我还是不是你最可爱最亲爱的好朋友？"

依旧没人回，关风无聊地玩了一节课游戏。

程肆手机静音，直到下课才看到。

她本身就打算周末去找关风、关若兄妹跟那帮好朋友的，在江夏这些天，她真的挺想他们的，她打算当面告诉大家她转学的事。

所以看到关风的信息她有些吃惊，趁下课她去外面找了个安静的地方，给关风回电话。

那头刚响了一声，关风已经迫不及待接了起来，声音委屈："阿肆……"

程肆有些头疼，一个一米九的大男生哭哭啼啼的腔调，搁谁都受不了。

"你给我正常点。"

"呜呜呜呜，人家好想你。"

"闭嘴。"

"呜呜呜呜，为什么我看到有人说你是江夏高二学妹？为什么我给你发信息你都不回复我？我一得知你的消息就是这样的晴天霹雳，为什么……"

程肆被关风做作的"呜呜"吓到了，恨不得拿个大锤砸死他："你不能好好说话我挂了。"

"程肆你还是个人吗？"那头关风一听程肆要挂电话，急了，"你回来不联系我，我要不是知道你回来，你是不是都不准备告诉我，你什么人啊，跑瑞士兜一圈回来连朋友都不认了？你不认别的朋友也行，我是你谁，我是你发小啊，你连我都不认你还是人吗，你算什么美人？"

　　程肆听着关风没好气的数落，心却一点一点软下来。她人生前面那些年都是顺遂的，家庭幸福，朋友关爱，成绩优异，老师青睐，顺顺当当，高高兴兴，她连难过的情绪几乎都很少有。那时她的生活就像一个装满了糖的罐子，甜得溢了出来，溢得连周围人身上都沾上了她的快乐。后来家庭出现变故，母亲突然离世，让她整个人都受到了重击，她仿佛被丢到了一望无际的冰天雪地里，但直到此刻听到关风的数落，她才又觉得周身的冰雪在慢慢消融。她有些难受，但内心仿佛又有一股热泉在突突往外冒，她低声解释："我没有不认你，我只是刚回来也没做好准备告诉你，你知道我家里的情况，我转到江夏读书也是为了方便。"

　　"阿姨她？"关风一听程肆的声音有些不对劲，试探问道。

　　"我妈妈……"程肆提起妈妈，周身微微消融的冰雪再度变得冰冷，她咬咬唇，黯然道，"她走了。"

　　"对不起阿肆。我不知道……"关风嗫嚅着，一时不知道说什么才能安慰她，"我周末跟关若去找你吧。"

　　"嗯，那周末再联系吧，我有事先挂了。"

　　程肆感觉眼眶湿了，她匆忙挂了电话。

　　有些伤痛，可以成为一种激励，反复提起，激起斗志，让人不断勇进。

　　而有些伤痛，却仅仅只是伤痛，仅是提起只言片语，就能令人崩溃。

　　她本已因学习繁忙而略微舒缓过来的情绪，此刻又如逢海啸，痛苦将她一寸一寸覆盖。

　　她靠着墙缓慢坐了下来，阳光明亮，却照不到她心里的悲伤。她将脸埋在膝盖之间，眼泪顺势冲出眼眶。

　　是跟关风说的那句妈妈走了，又一次让她意识到，她世上最好、最温柔、与她最亲密的妈妈，不在了。她再也没有妈妈了，"妈妈"这个称呼，在以后的人生里，大概仅仅是她在梦里才会发出的呓语。

沈嚣跟李卯卯、周星野站在拐角处，看着程肆蜷缩在地上，头埋在两膝之间。

李卯卯跟周星野面面相觑，这里是学校的一个监控死角，安静，不容易被人打扰，他们平时偶尔会跑过来讲讲话。此刻没料到会看到程肆在，平时什么都不怕的女生，此刻却像一只让人想抱在怀里哄的可怜小猫咪。

李卯卯用口型不出声地问周星野："仙女霸霸怎么了？"

周星野一脸蒙，跟他做了一个"憨子你觉得我知道吗？"的动作。

李卯卯拉了拉沈嚣，用口型表示："嚣哥，我们走吧。"

意思是别打扰人家小姑娘的世界，她肯定不想被人看到这一幕。

沈嚣却只是淡淡地看了他一眼，直接迈着长腿走了过去。

李卯卯跟周星野吓得在背后想喊他，又不能发出声音，只能默默地看着。

或许沈嚣想去安慰安慰他的同桌，李卯卯想，他突然觉得嚣宝真是长大了，以前看到女生嚣宝都是避开走的。

李卯卯小学跟沈嚣就是同学，打他认识沈嚣，他就没见过沈嚣身边有女生，他只和男孩子玩。

也不是没有女孩子想跟他玩，但是他总是冷冰冰的，瞪人家一眼就能把人家吓退。

李卯卯就很纳闷，沈嚣长得也挺帅，江夏校草评比，虽然校草是傅遇，但另一位最有力的竞争对手就是沈嚣。大多数人更喜欢傅遇温和的气质，沈嚣就总是一副冷冷的，看你一眼都像要给你一刀的样子，其实沈嚣私下的性格虽臭但也还行，而且他家嚣宝笑起来也阳光，只是不常笑而已，这大爷天天跟谁欠他一百万似的。不过碰到程肆后，嚣宝好像有了点变化，起码李卯卯是没想到嚣宝会接单保护郁树，别说一袋子零食了，就算给个零食超市，他大少爷不高兴，也不会给别人一个好脸色。

所以李卯卯高兴地看着沈嚣走向程肆，或许真是嚣宝开窍了，他有些兴奋地拍着周星野的肩。

周星野跟他有同感，他俩都兴致勃勃地看着不远处。

程肆感觉到旁边站了一个人，她把眼泪收起，默默地在衣袖上擦了擦，微微抬起眼。

她首先看到的是一双大尺码的篮球鞋，蓝色的校服裤子——是个男生。

程肆皱眉，心想：什么人这么不开眼，没看到这里已经被人占了，还走过来干吗？

她稳了稳自己的情绪后，不爽地霍然抬起头，瞪向来人——哎，来人竟是她那个酷 guy（家伙）同桌。

沈嚣正从口袋里摸出铁质糖盒，倒出两粒薄荷糖放在嘴里，恰好看到程肆抬起眼瞪他。

他垂眸，微微犹豫了一下，把糖盒递到程肆面前问："要吗？"

程肆："……"

她没什么兴趣，所以她只是看了看她同桌递的糖盒。

"不要。"她干巴巴地回道。

眼泪被打断，整个人也发泄了一次，止住哭后，心情就有些麻木了。

她坐在原地，不想起身。沈嚣也不吭声，拿糖盒在手里转了转，最后把糖盒塞回口袋。

"干吗呢？"

李卯卯跟周星野正恨铁不成钢地看着沈嚣，身后突然响起一声温柔的询问。

李卯卯回头，政教处主任席仙仙微笑着站在他们身后。

"把风呢？"席仙仙继续微笑问道。

席仙仙最近刚发现这个监控死角，过来转了几次，"收获"颇丰。这群小鬼，就爱派个人把风，其他人蹲在一起吞云吐雾。

席仙仙立刻拨开李卯卯跟周星野，大跨两步走上楼梯，朝死角尽头看去。

李卯卯立刻喊："嚣宝，快上课了我们先撤了啊！"

反正沈嚣没抽烟，席仙仙就算逮到也没什么事，李卯卯想，但还是大呼一声提醒沈嚣。

沈嚣回过头，看到席仙仙朝他们疾步冲过来。

他懒懒地打招呼："主任。"

席仙仙跟沈嚣都是熟人了，虽然沈嚣早退迟到的次数以校霸的名头来说不算多，但他也是政教处挂号的人物了，虽然好像不惹事的样子，但态度总是懒懒散散的。

席仙仙目光如炬地盯着他俩看，一男一女，一个站着一个坐着，外面还有人把风。

他严厉地问："你们两个在干什么？"

沈嚣理直气壮地笑了："主任，您看呢？"

程肆从地上起身，席仙仙打量着她，刚哭完的眼睛泪痕未干，睫毛也是湿漉漉的，眼珠黑白分明，小姑娘看起来柔柔弱弱的，有些委屈。

席仙仙刚刚的念头立刻转走了，他一把拍在沈嚣背上，严肃地看着程肆问："同学，是不是沈嚣欺负你了？别怕，告诉老师，老师为你做主。”

沈嚚：“啊？”

他不可思议地指着自己的脸望着席仙仙：“我……”

席仙仙又拍他一下打断他：“你别说话。”然后温柔地看着程肆：“这位女同学说。”

程肆刚哭过，嗓音还有点哑，她本来长得清纯，声音有些软，哭完又显得格外楚楚可怜，所以当她跟席仙仙说“老师，没有，你别怪他，是我自己的事”时，席仙仙不但没有相信，反而更加狐疑地看着沈嚚。

沈嚚终于不服了，没好气道：“老师，我脸上刻着‘欺负女同学’几个字吗？”

席仙仙想了想沈嚚平时的为人，虽然浑，但也不至于这么浑，摇摇头道：“那倒没有。”

但是这俩人没事让人给把风，他又再次目光如炬地扫了扫两个人，念头又回到刚刚的轨道上，沈嚚和程肆同时有种不祥的预感。

果然，下一刻，席仙仙就指着他们两个说：“你们两个，下次别再被我逮到，下次逮到就叫家长啊。我们学校绝对——明令禁止早恋！”

沈嚚：“啊？”

程肆：“……”

“快回去上课。”说完，席仙仙也不给他俩辩解的余地，直接一挥手，把他俩赶着往回走。

“老师，我们没有……”沈嚚从来没有这么无语过，席仙仙一句话比炸弹的威力都大，说他打架记他过都行，说他早恋……这得多瞎？而且这事关乎人家女生的名誉，他第一次耳朵都急红了，想跟席仙仙解释。

“别说了，回去上课。”席仙仙却直接打断他，一副“不听不听我不听，我不要你觉得，我要我觉得”的样子。

　　沈嚣看了程肆一眼，程肆虽然无语，但也没放在心上，她垂眸走着。她都习惯了，反正政教处只要逮到男女独处就习惯统一按早恋算，因为没恋爱，所以她干脆连辩解都懒得辩解，而且她也不想说话，让这个憨子主任随便说吧。

　　沈嚣看程肆都不在乎，他再说好像显得自己很在意，他也嘴巴一闭，随⟨……⟩

⟨……⟩。他自小跟关若去程肆家玩，温静懿⟨……⟩个信息安慰他，但打了几遍都删掉了⟨……⟩

出⟨……⟩吧，把正在里面打游戏的关若揪了

你无可取代，

手⟨……⟩制服、留着齐刘海娃娃头的关若伸
他⟨……⟩脑袋把她推远，她张牙舞爪也扑不到
⟨……⟩："哥，哥，你把我放开。"

但⟨……⟩开，上去对着关风的腿就来了一脚，
简⟨……⟩风腿上的力量对关风来说毫无影响，

我情有独钟。

地⟨……⟩输了，你烦不烦啊！"关若给了他一
力⟨……⟩游戏还会干什么？"关风恨铁不成钢
⟨……⟩一样的妹妹，却每天钻到网吧跟一群

⟨……⟩么啊？"关若不服气地反驳，"好歹我

们打游戏是靠脑力，你这种靠蛮力的人是不会懂的。靠智慧取胜，那才叫高级人类。"

虽然麓湖的高三学生早在暑假期间就已经进入了"地狱学习模式"，但因为关风兄妹俩各有所长，所以和正常学生都不太一样。关风是麓湖男子篮球队队长，早在高一高二时就带领篮球队多次获得市篮球联赛冠军、国内高中生篮球联赛亚军，高三只要保持稳定，走特招妥妥的。而关若是电竞天才，亚服排行前十的女战神。去年还有一家国内知名的电竞俱乐部找上她，要签她做职业选手。可关大小姐做惯了自由少女，不爱受限，挥挥手就给拒绝了。她就喜欢没事上上课，放学就打打游戏的自在生活。

关风跟关若是龙凤胎，第一次见他们的人，都会被他们悬殊的身高差给惊到。他们虽是亲兄妹，但从小就是你看不惯我、我看不惯你的样子，只要凑到一起就免不了吵吵闹闹。

但今天关风没心情跟她嘻嘻哈哈，他叹了口气告诉关若："阿肆回来了。"

"啊？公主回来啦？"关若一听到程肆的名字，开心地跳起来，左顾右盼，"哪儿呢哪儿呢？"

关风把程肆的情况跟关若说了一通，关若也不说话了，也不抱怨关风打断她玩游戏了。

"你明天下午还集训吗？"关若仰头问关风。关风是校篮球队的，除了学习常常集训。

"怎么了？"

"明天下午阿肆应该放假了吧，我们去接她吧！"关若说。她从来都不会让关爱落在空处，她迫不及待地想要见到自己的好姐妹。

关风想了想，点头："行，我们周五也管得不严，没什么问题。"

一直到下午放学，程肆都有些恹恹的。

李卯卯因为撞见过程肆在角落里脆弱地哭着的样子，所以今天格外收敛，下课了也不敢像之前那样烦她，生怕自己哪句话又惹她不痛快。

如果之前程肆身上散发的气质是酷，那现在散发的就是冷，隔了老远都能感觉出她霜冻般冰冷的气场。

沈嚣倒觉得正常。这年头的高中生，谁还没个伤心事？想到开学时在学校门口碰到程肆跟她爸爸对话那一幕，他觉得一切都说得通。

有这种不省心的家长，他们这些青少年能茁壮成长吗？

很快就到了放学时间。

老师宣布下课后，沈嚣站起身，跟周星野和李卯卯交代了一声："我今天回家吃饭。"

"嚣宝，我想吃杧果蛋挞，跪求杧果蛋挞。"李卯卯冲沈嚣的背影喊，沈嚣没搭理他。

沈嚣平时都在学校跟李卯卯他们一起吃饭，只是偶尔他妈回家时，他才回家吃饭。他妈不在家，家里就算有做饭阿姨，他也会选择在学校吃，李卯卯特别喜欢沈嚣家阿姨做的杧果蛋挞，每次沈嚣回家吃饭，李卯卯都会跪求杧果蛋挞。

程肆不紧不慢地把东西收拾好，手机亮了，是她出差了几天的舅舅打来的。

"我在你学校门口呢，你刚放学还没出来吧？"

"就来。"程肆回了俩字，干脆地挂断。

温倾铭看着程肆上车。

自从温静懿走后，程肆沉稳了许多，以往总是亮晶晶的眼神也变得暗淡，眉眼间像是总笼罩着一层无法驱散的阴云。

不过她上了几天学，这回见，倒像又恢复了一点从前的神采。

"怎么样，还习惯吗？"他问程肆。

"不习惯还能转回麓湖吗？"程肆堵他的嘴。

"但我看你已经很习惯了。"温倾铭笑眯眯道。

程肆白了他一眼，温倾铭从后面拿出一个大盒子塞到她怀里："来，给你带的礼物。"

温倾铭出差时，总是不忘给程肆买礼物，有时候是衣服，有时候是首饰，有时候是出差的城市的特产小吃，都是些讨女生开心的东西，他没空的话，就让随行助理去买。

温静懿把姐姐对弟弟的宠爱做到了极致，跟传承一样，温倾铭也把舅舅能给外甥女的宠爱做到了极致。

程肆打开礼盒，发现是一盏晶莹剔透的台灯，水滴形的，像一滴眼泪，美丽但易碎。

温倾铭的眼光向来无须怀疑，他送东西一向别致，很得程肆欢心，所以小时候，温倾铭出差，程肆都会数着日子等舅舅回来。

这个台灯程肆也挺喜欢，她爱不释手，道："谢了。"

"道谢认真点。"温倾铭不满。

"谢谢舅舅。"程肆拖腔拉调，温倾铭终于笑了。

到家上电梯的时候，温倾铭突然想起什么，随口跟程肆说："对了，我们楼上也有一个江夏的学生。"

"好像还是个学霸。"温倾铭想起那个学生之前在电梯里接电话，别人问他题目，他直接口述给别人，一步一步地讲解题思路。那道题的范围其实已经超出了高中范围，如果不是男生穿着江夏的校服，温倾铭都没想到是高中生。

"哦。"程肆不感兴趣。

温倾铭原本的用意，是想如果程肆跟楼上的学霸能处得来，说不定晚自习下课后可以结伴回家。他没空每天接送程肆，程肆也不让他的助理接，虽然他们住的是市中心，晚上灯火通明，但他难免有些担心。

不过温倾铭又想了想男生们共有的臭德行，要是对方因此打他这个宝贝外甥女的主意怎么办，算了，还是独来独往好。

养个女儿的感觉可太操心了，温倾铭心里想起姐姐，有些伤感。姐姐走了，这个重担落在他身上。

程肆漂亮又性格张扬，从小到大都喜欢"行侠仗义"，为此不知道惹过多少事。以前温静懿对此很头疼，他还挺支持程肆，说外甥女这是社会主义青少年该有的样子。现在轮到他自己带了，他突然明白了那种担心的感觉，程肆再厉害也是一个女孩子，女孩子要面对的世界太残酷了。

程肆在家里吃了饭，又出门去上晚自习。

温倾铭吃完饭，接了个工作电话就又要去书房处理事情。他对没法送程肆回学校的事感到抱歉，程肆倒是一点意见也没有。

她捧着余姨做的双皮奶小口小口地吃着，出门等电梯。电梯门打开时，她愣住了。

电梯里站着一对母子。妈妈保养得很好，眼神里虽有岁月风霜的痕迹，但皮肤紧致，气质优雅。她像所有爱操心的妈妈一样，此刻正柔声叮嘱着身边的儿子："你说这次同桌是女孩子，那你可要跟人家好好相处呀！"

"知道了。"她身旁的男生有些不耐烦地应着，但神情里倒没有太多抵触的情绪。只是当他抬头看到程肆时，整个人像被闪电劈中般，呆在原地。

优雅妇人按着电梯开门键热情地问程肆："小姑娘不进来啊？"

"啊，谢谢阿姨。"程肆应了一声，礼貌地打了个招呼再走进去。她本来想装不认识的，但沈嚣显然比她吃惊，话已经脱口而出："你住这里？"

"这位是？"优雅妇人还是第一次看到自己儿子主动跟别的小姑娘打招呼，立刻示意儿子介绍，眼波在两人之间流转。

"我同桌。"沈嚣说。

"哎呀！怎么会这么巧啊！"沈妈妈热情地看着程肆，"我正叮嘱嚣嚣跟同桌好好相处呢，这就碰到了，原来大家住在一个小区啊！我们就住你楼上啊，怎么以前都没碰到过，你们住过来多久了？"

"阿姨，我们住过来三年了，但去年一年没住这边了。"程肆表面上乖巧作答，心里的各种念头已经如爆米花一样炸开了——嚣嚣？虽然很多人的小名其实就是名字喊成叠字，但他是沈嚣啊！

沈嚣变成嚣嚣，这感觉，仿佛校霸放下屠刀，立地成佛——嗯，还是个眉开眼笑的弥勒佛。

程肆一边拼命压抑着自己想要上扬的嘴角，一边又想起舅舅说的话：楼上的学霸。学霸？她对她舅舅的判断产生了怀疑。

"怪不得没见过呢，我们刚好去年住过来的，你也在江夏念书，为什么去年没住这边啊？"

程肆怔了一下，她还没回答，沈嚣抢先不满地喊了一声："妈，你要去居委会应聘吗？"

"去你的。"沈妈妈回头打了沈嚣一下，跟程肆说："我家这浑小子，平时说话刻薄，你可别跟他计较啊，你看他对他亲妈说话都这样。"

"不会的阿姨，其实沈嚣同学和大家都相处得挺好，而且还热心帮助弱势同学。"程肆想起他对郁树的帮助，虽然是按酬劳接单，但她还是不遗余力地夸赞，并一五一十地回沈妈妈的话，"我之前不在江夏念书，是这周才转到江夏的。"

热心帮助弱势同学？嗯？沈嚣似笑非笑地看着在长辈面前扮乖扮得十分熟练的程肆。她可真敢说，他妈都不一定敢信。

"哦？那你以前是在哪里念书呀？"沈妈妈又问。

"妈，你有完没完啊。"刚好电梯到了一层，沈嚣直接推他妈出电梯："你快去忙吧。求求你了，你们公司需要你，美妆行业离不开你，行业高端晚宴还等着你去叱咤风云，快去吧，别再关心我们这些普通学生的高中生活了。"

沈妈妈被沈嚣推得没脾气："好好好，知道了，那我不送你去学校了，你跟你同桌一起过去吧。"说完还看着程肆叮嘱："小姑娘没事来我家里玩吧，你们又是同桌又是邻居，平时有什么事需要帮忙就叫嚣嚣啊，别客气，这浑小子虽然脾气差，但确实面冷心热，从小就爱帮助人……"

"妈！"沈嚣打断他妈。

"知道了知道了，走了啊。"她笑着对程肆跟沈嚣挥手。

"好，我记得了，谢谢阿姨，阿姨再见。"程肆乖巧地举着勺子跟沈妈妈挥了挥手。

沈妈妈冲她点头："真乖，阿姨喜欢你，一定要来家里玩啊！"

说完这句话，她在她儿子警告的眼神里坐上了已经开过来的车。

程肆慢腾腾地挖着双皮奶吃，沈嚣回头看了她一眼。

她似乎已经从下午低落的情绪中挣脱出来，眉眼平和。她刚刚在他妈面前卖乖的样子，像极了那种柔弱可爱的乖乖女——一只蟑螂就能把她吓得花容失色的那种女生。但此刻，程肆已经恢复了本来的样子，酷酷的拽拽的，什么妖魔鬼怪敢在她眼前放肆？一拳头直接捶死。

沈嚣心里有些好笑，他手里提着小袋子，问程肆："你喜欢吃甜的？"

"嗯。"程肆挖着双皮奶吃了一口，点了点头，她饭后总喜欢吃点甜的。

沈嚣把手里的袋子递给她："杧果蛋挞。"

程肆想起来放学时李卯卯冲沈嚣喊话，沈嚣虽然没回话，原来还是给李卯卯带了。

沈妈妈说沈嚣面冷心热，爱帮助人，看来倒也不全是有"亲儿子滤镜"的关系。而且程肆看沈嚣和他妈讲话的方式，一点都不像学校那个"惜字如金"的酷 guy。虽然他还是习惯性地用不耐烦的语气掩盖自己真实的情绪，但程肆看得出，沈嚣和他妈妈的感情很好。

程肆看着沈嚣手里的袋子，迟疑道："这不是给李卯卯带的吗？"

"带多了，你吃剩下的给他。"

"……"

程肆没抵住甜品的诱惑，不客气地接了下来。

走到小区门口时，程肆将吃完的双皮奶盒子丢进了垃圾桶。

她打开沈嚣给的袋子，拿出一个杧果蛋挞又吃了起来。虽然余姨做甜品的手艺已经很棒了，但真别说，沈嚣家的这个杧果蛋挞似乎更胜一筹。

"好吃。"程肆舔了舔嘴角，赞叹道，"怪不得李卯卯惦记。"

沈嚣莫名心情大好，仿佛杧果蛋挞是他做的。他扬了扬眉毛："当然。"

第七章

我们的校霸、校草还有校花
都被警察带走了

✦

江夏在湘城的市中心，周边到处是金碧辉煌的高楼大厦和人潮涌动的繁华商圈。但因为发展进程不同及一些遗留的产权问题，跟这些高楼商圈紧密相邻的地方，还有一片难以拆迁的老宅区。

程肆和沈嚣两人步行去学校抄的那条近道，就在这片老宅区。

老宅区街巷纵横，小路两边满是风格各异的小店，充满了生活气息。

走在小巷的石板路上时，程肆突然看到一个熟悉的身影。

高高瘦瘦的男生正在店门口的拖把桶边洗拖把。他身后的落地玻璃窗大而明亮，暖黄色的灯火透窗而过，落在他身上，勾勒出他轮廓分明的侧脸线条。

"傅遇……"程肆嘴先于脑袋做出反应。

傅遇循声望过去，略微迟疑了下。他看到程肆跟沈嚣肩并肩地从街对面走过来。

"你在这里干吗？"程肆问道。

傅遇身后的商铺门楣上挂了一个草书牌匾，写着"留梦居"。看店里的摆设和装饰，是一家颇具古雅气息的书店。

她想起傅遇在"虎口余生"兼职，他不会同时也在这里兼职吧？

傅遇正准备回答，店里突然走出来一个气质谦和的老人冲他喊："小遇，你别洗了，你去上课吧，地放着我来拖。"

"没事的爷爷，现在还早，我拖完再去上课又不迟。"傅遇微笑应着，说完他又向面前的程肆跟沈嚣解释："这是我爷爷开的书店。"

怪不得气质如此相似，程肆心想，傅遇身上那种温和的气质大概就是随眼前的老人。

老人也注意到面前的程肆跟沈嚣了，他微笑地看着他们："是小遇的同学吧？"

但他眼神突然在沈嚣脸上定住，三步并作两步走上前惊喜喊道："哎，小伙子，是你啊。"说完他拉住沈嚣热情地跟傅遇介绍："小遇，这就是上次我跟你说救我的那个男孩子。我就说嘛，是你学校的同学，要再遇见我肯定能认出他，就是他，就是他把我送到医院的。"

几个月前，傅爷爷有次去江夏给傅遇送吃的。走到半路，他突发心梗，在路边动弹不得。后来有个经过的男孩子看到，二话不说背起他送到了附近的医院。

男生把傅爷爷送到医院，等老人状况稳定后就走了，连个名字都没留下。

傅遇抬眼看向沈嚣，露出非常意外的表情。

那天他赶到医院的时候，爷爷已经没事了。爷爷说，送他去医院的男生穿着江夏的校服，个子很高，长得很精神。但这样的男生在江夏一抓一大把，傅遇无法确定到底是谁。

为了找到这个人，有段时间每到放学，爷爷就坐在店门口看着来来往往穿着江夏校服的学生，希望能再看到那个男孩子。

傅遇从没想过，那个送爷爷去医院的人会是沈嚣。

他和沈嚣不熟，算是比普通还要再普通一点的同学关系，连话都没说过几句。概括起来，傅遇对沈嚣的印象只有一个，就是话不多的"校霸"。关于沈嚣的传说有很多，但傅遇也没真见过他欺负同学。

他真的没想到，沈嚣竟然是那种看到路边有老人需要帮助，会立刻伸出援手的人。

"谢谢。"傅遇望向沈嚣，发自内心地说，"我本来一直想道谢，但是一直没找到是谁，原来是你。"

爷爷对他实在太重要了，他无法想象，如果没有遇到沈嚣，爷爷在冰冷的地上要躺多久，才会遇到下一个救助者。

傅遇这么郑重其事地表示感谢，反倒让沈嚣尴尬起来。他送傅爷爷去医院也不是为了要一声谢谢。但傅遇看着他的眼神很真诚，沈嚣也不好当场甩人家一张臭脸，只好略显僵硬地回道："不客气。"

"小同学，别站着，来来，进来爷爷店里坐会儿，爷爷给你们拿点吃的。"傅爷爷拉着程肆跟沈嚣走进店里。

沈嚣并不是很想面对这热闹的场合，但已经被程肆和傅爷爷催促着走进了书店。

"留梦居"由老街的两间门面打通构成，布置得十分雅致。门口的台子上摆放的大多是学生喜欢的热门杂志，花花绿绿的摆了一排。杂志旁边则是各种学习参考书和各种版本的题库。

往店里走，两边墙上的落地书架上，分门别类地放着各种书，从网络小说到书页都泛黄的二手古籍，应有尽有。

"你们到处看看，我先拖地。"傅遇说。

傅爷爷领着程肆和沈嚣在店里转了一圈，然后将他们带到桌边。他把桌上的果干和小零食推到程肆跟沈嚣面前，招呼道："爷爷这里没有什么好吃的，都是小遇平时爱吃的，你们也尝尝。"

程肆已经吃撑了，她举举手里的蛋挞袋子："谢谢爷爷，但我刚吃饱，哎，爷爷，你要不要试试杧果蛋挞？这个可好吃了。"

傅爷爷愣了一下，笑道："哎哟，这是你们小姑娘爱吃的零食，你留着吃吧。"

"爷爷你试试吧，这是沈嚣带的。"她举着蛋挞热情地递到傅爷爷面前，指了指一旁的沈嚣说。

沈嚣顿了一下，不得不配合演出："对，爷爷你试试，这个确实很好吃。"

傅爷爷盛情难却接了下来："那我尝尝，哎，你的名字是哪个 xiao 啊？"

"嚣张的嚣。"

傅爷爷咬了口蛋挞顿了下，哈哈笑道："好名字，好名字。"说着他拍了拍沈嚣的肩，又打量沈嚣夸赞："嗯，气宇轩昂，嚣然而乐，名字取得好，与人的气质非常配，好，好！"

说完看程肆："小姑娘叫什么啊？"

"爷爷我叫程肆，禾木程，放肆的肆。"

傅爷爷又顿了一下，眼神在他俩之间打量，程肆立刻反应过来，她干笑道："这不就巧了吗，我们父母并不认识，就是取了这么像……兄妹……"她转头看了眼沈嚣迟疑了下说："或者姐弟的名字……"

沈嚣："……"

"我属虎的。"沈嚣补了一句。

"哦，我属兔。"

"小遇也属虎。"傅爷爷笑道，看向程肆，"他们俩都比你大一岁。"

"对啊爷爷，所以他们在学校都挺照顾我的，特别是小遇，他是我们班长，对我和嚣嚣都可好啦！"程肆顿了一下，一时兴起喊了沈嚣的小名。

"哈哈哈，好，好！"傅爷爷被乖巧的程肆逗得格外开心。

早就领教过女生在长辈面前扮乖的本领，所以沈嚣对女生信口胡诌的"傅遇对我们可好啦"这种场面话已经睁一只眼闭一只眼，但他还是被程肆喊他小名震惊到。他转头面无表情地看了程肆一眼，虽然她一脸乖巧地看着傅爷爷，但他就是觉得女生在调皮地笑。

傅遇终于把地拖完了。

"拖把放这里吧，我来洗，你们快去上课吧。"傅爷爷催促傅遇。

"好。"傅遇出门前叮嘱，"那你晚上没客人就早点打烊回家，别守到我放学。"

"知道了知道了。"傅爷爷说，转头跟沈嚣和程肆挥手，"嚣嚣和小肆以后可以常来店里玩啊，需要什么书也可以告诉爷爷，爷爷进货回来。"

"好，爷爷你真好，谢谢爷爷。"程肆礼貌周到地跟傅爷爷挥手告别。

沈嚣也冲他老人家点了点头才走。

两人行变成了三人行，程肆掂了掂手上的蛋挞袋子，递给沈嚣。

"不吃了？"沈嚣问。

"嗯。"程肆点了点头，指了指傅遇跟他说："你问他要不要试一下，这个柠果蛋挞确实很好吃。"

"……"沈嚣无语地发现，他同桌正常的时候简直就是一个社交达人，特别擅长拉近人与人之间的距离，也擅长给人充当纽带。

但他并没有要跟傅遇拉近关系的意思……

但这儿就三个人，程肆话已经摆在那里了，他举着袋子，一时僵住。

要是在以前，傅遇绝对彬彬有礼地提前拒绝了，但现在他看着沈嚣的神情，有些好笑，大概是因为沈嚣是爷爷的救命恩人，所以傅遇第一次觉察到沈嚣人前人后其实并不一样的别扭一面。本着只要我不尴尬，尴尬的肯定是他的原则，傅遇虽然吃饱了，却突然兴起一丝捉弄沈嚣的心思。

他笑眯眯地看着沈嚣，眼神清澈，态度诚恳，虽然不说话，但看起来很期待的样子。

咋的？还真的要吃？沈嚣有些不爽，这人真不会看眼色，这不就客套一句吗？

但傅遇看到沈嚣的脸色，感觉更好笑了，他继续微笑，不说话。

沈嚣不想显得过于小气，他深吸一口气，转过头不情愿地看着傅遇："吃吗？"

说这话的时候，他接过袋子的手已经放下了，意思明显就是你最好回答"不吃"，你看我脸色，没一点想让你吃的样子。

傅遇含着笑意，没回答他，却转头问程肆，好奇道："蛋挞还能加枇杷果啊？"

这人绝对很奸诈！不给予肯定的回答，但是很会利用旁人来表达自己的意思。沈嚣心里已经炸开了。

"嗯，我也是今天第一次吃到。"程肆傻乎乎地给以肯定的点头，并转头看沈嚣，意思是"你怎么还不给他？"。

沈嚣面无表情，缓慢地举起袋子到傅遇面前。

"那我试试？"傅遇边说边毫不客气地把手伸进了袋子，拿了一个蛋挞出来，举着对沈嚣笑道："谢谢。"

沈嚚心里冷哼一声，觉得这个在学校有着"最阳光微笑"称号的校草的微笑更虚伪了。

"嚚。"突然有几个人从后面走上来揽住沈嚚的肩膀，是隔壁班沈嚚玩得好的几个朋友。

"真是你啊，刚刚我们几个还在后面议论，到底是不是你呢。"说着，几个人的眼神在他跟傅遇之间来回。

他们这群人都是"学渣"，平时和傅遇这种优等生非必要绝不打交道。因为在他们看来，像傅遇这样的优等生总是有种假模假式的感觉，做什么都一板一眼的，无趣至极。

所以当他们刚才看到沈嚚和傅遇走在一起，中间还走着那个新转来的校花，他们都疑惑了。这是什么情况？

他们挤眉弄眼地又看了看程肆。

"嗯。"沈嚚懒得解释，任他们搭着肩膀走，慢悠悠地，故意落在傅遇跟程肆身后。

距离慢慢地相隔远了一些，沈嚚跟那群男孩子讨论游戏的声音在身后慢慢变远。

程肆回头看了一眼，问傅遇："你爷爷一直在这里开书店啊？"

"嗯。"傅遇点头，"开了十多年了。"

说完他想起上次的事，又低下头说："其实他现在身体不太好，就像上次出门忘记带药，老毛病犯了，就晕过去了。我挺不想让他再操劳，但是他说书店对他来说是一种寄托和消遣。"

"我觉得爷爷好厉害，书店里的气氛也很雅致。"程肆夸赞道。

"嗯，为了这份雅致他不知道多累。"傅遇提到这个微微叹气，"进货搬货，还要统计整理、退货记账、打扫卫生什么的，就他这身体，真怕他吃不消。"

　　两人不知不觉一起走进了学校，路过的同学都频频回头看这两人。

　　学校校草和新转来的校花一起漫步老街，昏黄的路灯下，两人说说笑笑——这是什么偶像剧场景？

　　有人顺手一拍，转手发到了投稿墙，并配文：校花和校草相依相偎，而我一个路灯柱子只能流泪。

　　沈嚣到班里时，程肆已经坐在位置上大半个小时了，同样的路，不明白他怎么就能绕得多出这么多时间来。

　　沈嚣把蛋挞丢给李卯卯，李卯卯开心地打开袋子，一看傻眼了："怎么只有三个啊嚣宝，平时不都六个吗？"

　　程肆看着沈嚣，眨了眨眼睛，用眼神问他：你不是说带多了吗？

　　沈嚣冲她挑了挑眉，一副不置可否的表情。然后他面无表情地跟李卯卯说："嫌少？那别吃了。"

　　"吃吃吃。"李卯卯紧紧抱住蛋挞袋子连连点头。

　　王冕有些纳闷，就沈嚣跟程肆同桌的这几天，他作为后桌，真没看出他们有什么特殊交情。

　　他就不明白，为什么沈嚣要横插一脚罩着郁树。

　　不过不管怎么样，明天他就会解决他前面这个敬酒不吃吃罚酒的女的。

　　快周末了，班上那群爱呼朋引伴的人又躁动起来。

　　李卯卯跟凳子上长了钉子一样坐不住，他早就联络了几个要好的朋友，已经开始在手机上买游戏了，时不时回头小声问沈嚣这个可以装机玩吗那个可以装机玩吗，看来是要去沈嚣家打游戏的样子。

沈嚣被他搞得很烦，瞪他一眼："你再多说一句就别去了。"

李卯卯嘴巴终于拉上了拉链，程肆的听课质量瞬间高多了。

最后一节课是班主任曲小强的课，下课铃都打响了，其他班都欢呼一片了，曲小强却还在唠叨地嘱咐大家周末不要惹事什么的，注意安全，李卯卯急匆匆地喊："老师我们都知道了，放心吧，我们都是听话的乖孩子。"

曲小强笑着瞪他一眼，"行了行了"，宣布了放学。

李卯卯急不可耐地站起身催促沈嚣："走吧走吧嚣宝。"回头又跟程肆打招呼："仙女霸霸放学了。"

"嗯，周末愉快。"程肆客气地回他。

"周末愉快嘿嘿！"说完他又转头催命一样催周星野，"老周你快点。"

周星野白他一眼，优雅地收拾着书包。沈嚣把书直接扔到周星野面前，一起塞他包里了，他自己什么都没带，站起身双手插袋，迈着长腿慢悠悠地往外走去。

程肆正收拾书包，手机亮了，是关风，她接起。

"喂，公主，您又是在磨蹭吧，这都放学了，我们在门口痴痴盼着您呢！"

"啊？"程肆有点迷茫。

"我跟关若在江夏门口等您放学呢，您赶快出来吧，别又磨叽到最后一个了。"

"哦，好。"程肆总算反应过来。

她没想到关风跟关若会过来，她本来打算周末约他俩吃饭。

她走到学校门口，隔着老远就看到了关风。关风身高一米九三，不管搁哪堆人里都是最打眼的。

更别说他今天穿得格外张扬，荧光黄的 T 恤，墨绿五分裤，脚下还踩着一双炫目的绿球鞋，要在他身上加串灯，都可以直接冒充圣诞树了，关键是他还明目张胆地戴着一顶绿油油的棒球帽，好家伙，别提多惹人注意了。

关若跟她哥关风一样，穿衣风格向来特立独行。今天她仍旧是一身 JK 制服，不过不是常见的那种乖巧风，而是全黑色的甜酷风。她一身黑，配了一个拉低的领带，怀中还抱着一只粉兔子，一米五五的个子站在一米九三的关风身边，两人就像在 COS 另类版的《这个杀手不太冷》。

周五放学时分，校门口人头攒动。每个看到关家兄妹的人，都会忍不住投去好奇的一瞥。

看到程肆，关风已经一个箭步冲到她面前："哎哟，终于看到你了，想死你了。"关若腿比关风短，冲上去晚了，但直接抱着程肆不撒手："阿肆你终于回来了，我想死你了。"

两人跟人形挂件一样挂在程肆身上。

程肆直到看到关风、关若那一刻才发现，其实她也非常非常想念她的朋友。她轻揽着他们俩拍了拍，从容地笑了笑："好啦好啦，我们先走，别堵在门口。"

关风和关若这才依依不舍地松开程肆，三人边走边说。

"你们怎么过来了？"程肆问。从麓湖来江夏得半个多小时，这两人只有逃课，才能赶在她放学前等在校门口。

"想你了嘛。"关若撒娇，"你回来都不联系我，我们只能过来联系你啰。"

程肆低下头解释："我打算明天喊你们到家里吃饭的。"

"逗你呢。"关若笑，"我就是想你了，特别特别想。"

"我也是。"关风嘿嘿笑道。

"你能不能别总跟我抢朋友？"关若白他一眼。

"小丫头，分清先来后到好吧，是我先跟阿肆认识的好吧？"关风一手捏住关若的脖子。

"你那么多哥们儿，干吗总跟我抢姐们儿？烦死了。"关若白他一眼。

"你不也那么多哥们儿吗，我也就阿肆一个要好的女生好吧？你作为女生能不能多去发展一些姐们儿，别总逮着一个人啊。"

"你管我。"

"……"程肆以前听到他俩打打闹闹耳朵都听出茧了，但现在隔了许久再听到，这许久未有的熟悉气氛，竟让她觉得又好笑又感动。

"喂？"王冕在学校门口徘徊，抄起了手边电话问，"你们跟到人了没？"

"跟到了跟到了，放心吧，娑哥办事你还不放心？她身边就跟着刚刚校门口那两人呢，一个傻大个儿，一个小萝莉。"

王冕听到安心了："对，他们就是一起的，行了，那我挂了，娑哥别让我失望，等你们好消息。"

挂了王冕电话的男生对旁边一个大哥模样的男生说："老大，就是这仨人。"

那个大哥模样的男生长得挺高，比王冕都肥壮，而且脸上满是横肉，一看就不像什么好人。他外号叫婆娑，是社会混混。刚跟王冕通话的叫卫戚峰，是职高的校霸，开始王冕拜托他帮忙收拾一个小丫头，他都觉得荒谬——杀鸡岂需用牛刀？

但王冕给他开了一个挺不错的价格，并且特地交代他，找的兄弟越多越好，以防万一。

卫戚峰心想：这要是传出去，他围堵一个小姑娘还带了一大帮子人，他这面子要往哪儿搁？

他不服地问王冕："怎么？你觉得我拿不下一小姑娘？"

王冕明白卫戚峰的意思，每个人见程肆前都或多或少有些不服，他说："这丫头要不棘手我能找上你吗？"

卫戚峰将信将疑，他犹豫了下说："带人也不是不可以。"

"我再加一倍，别废话。"王冕懒得啰唆。

"成交。"卫戚峰干脆道。

他想着，既然有人送钱上门了，那不做白不做，反正他只把王冕交代的事情做了就行，吓唬吓唬小姑娘，拍点照片。

他按王冕说的，又找了一个社会混混，就是跟他从小一起长大的婆娑。婆娑没上什么学，一早就出来混社会，在附近街道派出所都是挂上号的人物。婆娑缺钱，给钱他就能办事。

他看了看前面一米九几的关风，问婆娑："娑哥，那个傻大个儿看起来还有点能打。"

"怎么？你怕了？"婆娑看他一眼。

"怎么可能，我怕过谁啊？我的意思是，不如那个傻大个儿就交给我，你这次不必动手，干干净净把钱赚了就行。"

婆娑笑了笑："那我就不客气了。我看他浑身肌肉，应该不好对付，到时候需要我帮忙我再上。"

"行。"卫戚峰轻狂地笑了笑。

他们七个人前前后后走着，一直跟着程肆他们。

学校前街人多，所以他们得走过学校前街，拐进后面的巷子找个人少的地方才好动手。

等程肆他们走到一个小路口——旁边就是条暗巷，卫戚峰觉得是时候了。

他扯开嗓门，冲前面的三个人喊："喂，前面戴绿帽子那个傻大个儿，站住。"

关风正跟关若吵得热烈，根本就没听后面人喊什么，也不觉得会和自己有关。

"喂。"卫戚峰身边一个小弟突然冲上去，扯住关风，"我们大哥叫你呢！"

程肆他们突然被打断，奇怪地停住转身看向身后，不明白发生了什么。

卫戚峰带着兄弟走上前："喊你们呢。"说着他看了一眼中间的女生，果然漂亮女生是祸水，但这祸水谁不想试一下呢？只是他没想到，这祸水竟然还能把王冕给打了。

"你叫程肆是吧？"卫戚峰扬着下巴问道。

说着他还扫了一眼旁边的那个小姑娘，长得也很是精致好看，果然漂亮女生身边都是漂亮女生。

程肆冷淡地看了他一眼："有事？"

"你知道我们找你干什么吗？"说着他的手已不怀好意地伸向程肆的肩膀。但是刚伸到半空，就被旁边的关风挥手挡开了。

关风知道对方来者不善，但他也没在怕的。"有话快说，有屁快放，爷爷没空在这里听你瞎扯。"

卫戚峰冷笑一下："都很嚣张嘛！"

他指了指身后，跟关风说："今天爷几个想跟这个姑娘说说话，你识相点就滚，不……"

他话还没说完，关风一拳就朝他脸上打来。

卫戚峰反应也挺迅速，闪身躲过，但下一秒，两人就扭打在一起。

关风虽然常年参加训练，体格强壮，但卫戚峰也不弱，他又有丰富经验，两人一时竟不分上下。

"我可去你的识相，你瞎了吧，敢在爷爷头上动土？"关风边打边骂，他快气疯了，从小到大，他身边兄弟无数，谁敢上前跟他说这种话啊，特别是对程肆。他一想到男生对程肆的动作就恨不得把他手给剁了，公主是他这破手能动的？

卫戚峰见招拆招，也不客气地骂道："你这傻大个儿疯狗吧，看你这么不识相，就别怪我不客气了。"

"去你的不客气……"

那头关风跟卫戚峰打得热闹，这头婆娑带着一众小弟上前，把程肆和关若朝旁边的暗巷逼。

关若个子小，胆子可一点不小。她站在程肆面前，愤怒开骂，但因为声音太软，反而没有任何震慑力。

婆娑笑了。

关若有些气："笑啥啊，知道我是谁吗，我告诉你们，我是 GF 战队战神雅典若若，你们敢动我一下，我就召唤我的战队让你们知道厉害。"

"……"程肆无语地看着"中二少女"关若的表演，有些想扶额，这孩子不但没长大，还越来越"二"了。

关若举起手机准备叫人，程肆这才发现，她那个巨大的兔子娃娃是个手机挂件。

她无奈地阻止了关若："别叫人了，速战速决。"

　　关若把手机放下来，重新把娃娃抱在怀里，往程肆身后退了一步，礼貌地说："那就辛苦公主殿下施以援手。"说完她看向婆婆，又骄傲道："算你们今天运气好，竟然劳累我公主殿下亲自下场。"

　　那头关风看到这边状况，急了，他喊道："欺负女孩子算什么，有种过来。"

　　卫戚峰跟他边打边说："连我一个都应付不了，说什么大话？"

　　程肆冲他摆了摆手，示意他不用担心。她揉了一下手腕，许久都没有动手了，不知道现在功力如何。

　　"仙女霸霸出什么事了？"李卯卯的声音突然响起。

　　她回头，看到沈嚣一行人浩浩荡荡走了过来。

　　"没事。"程肆冲他们挥了挥手。沈嚣走上前，看了婆婆一眼，不动声色地挡在两人面前，看着婆婆问："什么事？"

　　那头关风跟卫戚峰看到这边有人加入，迅速住手，各自跑回自己的阵营。卫戚峰看到沈嚣等人，心想：原来这个钱还真不是王冕心善多给的，有这么多人，按人头算他还吃亏了呢。

　　他看着沈嚣身后几个学生样的男生，看起来并不能打，估计那边能打的也就刚刚和他对打的关风，以及这个想英雄救美的男生了。

　　虽然对方看起来架势摆得挺足，但他卫戚峰也不是吃素长大的。他盯着沈嚣，冷笑道："你又是哪个庙里跑出来的？"

　　"哟，知道碰到你祖师爷还不赶紧跪下参拜？"李卯卯嘴皮子一向利索，直接就把卫戚峰的火给挑了起来。

　　卫戚峰气得直接开骂："傻子吧你。"

　　婆婆看着沈嚣笑道："想当英雄的还不少呢。既然争着送人头，那还客气什么。甭废话了，上吧！"说着婆婆朝身后一挥手。

他抢先走到沈嚣面前，一拳就朝他面门挥去。那一击极具分量，程肆咝了一声，不知沈嚣深浅，有些担心地想冲上去拦一下，因为别人是来找她的，没必要让沈嚣蹚这趟浑水。

但沈嚣已经先跨上前一步，伸手就接住了婆娑的拳头。

行家一出手，就知道有没有。婆娑一试力，立刻明白，这多管闲事的臭小子也是劲敌。

后面的那些兄弟纷纷跟上婆娑。李卯卯跟周星野他们虽然身手也都不错，但不敌这些人，几招下来就落了势。程肆把包丢给关若，冲上前直接踢到一个男生的下巴将他踹倒，把李卯卯从那个男生手下救了出来。她把李卯卯推到关若旁边说："待着。"

李卯卯吃惊地瞪着程肆返回战场，把他们另外两个朋友也救了出来。

傅遇因为安排值日生值日，所以放学走得稍微晚了一些。

今天周末，他想着带爷爷去公园散散步，去书店找爷爷，让爷爷早点关门。

然后他拐到平时走的巷子里，看到了这一幕：一堆人混战在一起。

确切地说，全是男生混战在一起，其中只有一个女生，身影格外熟悉。他立刻上前。

程肆正在酣战，突然感觉旁边多了一个人，她转头看到傅遇。

沈嚣被婆娑缠着，关风被卫戚峰缠着，她跟周星野要一起对抗另外五个男生，这倒不是什么大问题，就是人多有点难缠。傅遇一上来，直接就把旁边扑向她的男生解决了。

"你怎么也来了？"打着打着，她还有空问傅遇。

"嗯。"傅遇应了一声，快准狠地专心将另外一个男生又解决了。

程肆没料到，平时看起来气质温和、笑容温暖的傅遇，竟然拳脚非常干脆利索。

她看这边有傅遇和周星野了，就跑到关风那边帮关风了。

卫戚峰刚开始还有些好笑，但程肆完全不在意他的嘲讽。她跟关风对视一眼，很快摆出了架势开始左右夹攻。

卫戚峰跟关风还能互相过招，但他没料到程肆上了后，他立马处于弱势。

程肆虽然是女生，但是力量不弱，主要是出招角度刁钻。他还在跟关风对打，程肆冲关风使了个眼色，关风立刻明白了程肆的意思。他们小时候经常这么玩，敌人总觉得他俩站在一起，主打的一定是关风，但关风猛烈进攻完卫戚峰，迅速跟程肆交换了位置变成了辅助。卫戚峰被关风猛抽了几下，有点蒙，还没缓过神，衣领突然被程肆拉住，紧接着程肆的膝盖快准狠地顶上他的小腹，他内心觉得不可置信，但身体已经腾空而起，程肆一个狠狠的漂亮的过肩摔，将卫戚峰摔在了地上。

站在一旁的李卯卯目瞪口呆，当下被折服。他不由自主地挥舞手臂，喊着："仙女霸霸你就是我心里的神奇女侠！"

关若回头看他："仙女霸霸？"

李卯卯指指程肆，关若立刻明白过来，这是程肆的新外号。

"小妹妹，你叫什么名字？"李卯卯好奇地问道。

"你可以叫我雅典若若。"玩游戏久了，关若跟别人说话时报网名报惯了，一时没分清状况，还是报的网名。

"雅典若若？"李卯卯迟疑了下，试探问道，"你玩游戏吗？"

"嗯。"关若酷酷地点头。

"那你知道 GF 战队吗？"

"当然知道，我们战队。"关若白了李卯卯一眼。

"啊！"李卯卯瞬间目瞪口呆，他不可置信地打量着眼前这个女生，

"那你确实是 GF 站队的女战神雅典若若？"

关若翘着下巴，优雅地点了点头。

这头他们在扯闲话，那头傅遇跟周星野已经把婆娑带来的几个兄弟打退了。

周星野捂着胸口退到李卯卯身边，他胸口刚被踹了一脚，有些咳痰："我去，这群禽兽。"

傅遇看了下形势，又跑到沈嚣身边援助，两人一起对付婆娑，婆娑本身处于下风，傅遇再上去，两人完全毫无悬念地一左一右将婆娑狠狠钳制住。

婆娑吐了口唾沫在地上："呸，真晦气，今天失算了。"

其他弟兄断断续续站起身摆成阵势，举着手不知道是打还是不打。

婆娑说："停手吧，今天算我们倒霉，碰到能打的，'愿打服输'。"

其他人都不吭声了。

婆娑望着沈嚣跟傅遇："怎么着，你们想怎么办？"

沈嚣跟傅遇望向程肆，所有人都望向程肆。程肆走上前，一掌打在婆娑脸上，冷冷道："谁让你来的？"

婆娑被打得有些蒙，卫戚峰等人都愣了，谁都没想到一个漂亮女生完全毫无畏惧，而且下手还这么狠。

婆娑有生之年第一次挨女生的打，但他也不是很气愤，毕竟"愿打服输"，而且这个女生还是个美女，他反而坦然地笑嘻嘻道："没人派我来，这不是太喜欢你了吗？"

他婆娑在道上混的，信誉还是要有的。

程肆知道这种无赖问不出什么来，本打算算了。

这时，周围突然几声暴喝："都站着别动。"

谁都没注意警察是什么时候来的，附近是居民区，外面就是繁华街市，所以附近的警察其实管控非常严格。本来婆娑他们不在意，是觉得可以速战速决，没想到会招来一批警察。

警察上来就把他们围住了，沈嚣跟傅遇对望一眼，迅速把婆娑推开，装出好好青年的样子。婆娑一个没防备差点被推到地上。真是一群孙子，婆娑心里暗暗骂道，看着傅遇跟沈嚣却又毫无办法。

"一个都不准跑。"为首的警察说，"全部带回所里。"

路上有江夏的学生偶尔经过，有的饶有趣味地围观了下，有的心惊胆战地看了一眼，开始在群里互通消息。

"我去，出大事了！"

"天大的事情！我们的校霸、校草还有校花都被警察带走了！"

"一群人十多个！太可怕了！听路人说他们刚激战完！"

"我在场！我看到了，想拍照也不敢拍！是我们学校这几位大神大战外校这些像是流氓、混混一样的人！"

"我看到高二（7）班新转来的那个校花也动手了！真的能打！飒姐啊，跟她清纯的长相一点都不符，我想跪下来喊奶奶！"

一时间各种消息甚嚣尘上，王冕很快也得知了。

"一群废物。"他在学校门口的奶茶店里喝了一口奶茶，狠狠骂道。

手机上是他派人跟着录下的视频。

本来他计划让婆娑他们把程肆挤到暗巷里，拍点不雅照片，没想到又被沈嚣跟傅遇赶上了。这俩人什么时候混到一起了？

他看着视频里沈嚣和傅遇双双制住婆娑，没想到平时学校里那个优等生傅遇，竟然身手也不错。

呵。他冷笑着收起手机，拎着奶茶走出奶茶店。事不关己般昂头走去。

第八章

我不喜欢惹事，我就是不喜欢
别人在我面前……放肆

◇

一群人被带到派出所后，警察命令他们两方的人各站一边，都靠墙站好。

"婆娑，又是你。"警察显然认识这个派出所常客，"说吧，怎么回事？"

婆娑讨好地嘿嘿笑了笑，摸了摸头，装得还挺憨厚："嘻，这不是喝了点酒，意识就有点模糊了吗？"

警察看着他，他继续演："我就多看了这俩妹妹一眼，冲她们打招呼，她朋友就冲上来打我们。"

"您挺能耐倒是说实话啊！"婆娑这么睁着眼睛说瞎话，关风忍不住出言嘲讽。

"这就是实话，我不就多看了这两个妹妹一眼吗？那谁让她们长得好看，怎么，看美女难道不是男人的天性？你要不想让我看你有种把我眼珠子挖出来。"

"闭嘴。"警察瞪婆娑，"你还有理了是不是？"

警察看着关风："你说说吧，怎么回事？"

关风把事情经过详细地交代了一遍，从婆娑等人怎么拦住他们挑衅开始，到后面沈嚣跟傅遇等人如何见义勇为。

警察做完笔记，转头看向事件主角程肆问："你认识他们吗？"

程肆摇了摇头，她就算猜测是王冕的手段，也没有任何证据。

警察又看向沈嚣和傅遇，当时这俩也打得很激烈，沈嚣面无表情地看着警察。

警察笑了："你说下。"

"见义勇为，拔刀相助。"

沈嚣字句简洁，却把警察逗笑了："怎么，我是不是得给你送块匾，再敲锣打鼓给你送到学校去？"

"那倒也不用，警察叔叔，就别给我们记过就行了，我们是真的不能看女同学受欺负坐视不理啊！"旁边李卯卯嬉皮笑脸地跟警察讨饶，"我们也知道错了，不该动手，但那个情况下，我们身不由己啊！"李卯卯又强调了一遍："身不由己。"

警察又看向傅遇——他刚才就觉得，这男生站在这群人中间像走错了片场一样。婆娑那一拨人，一个个流里流气的就别说了，他们对面的沈嚣等人，长相周正，少年英气，但不是油嘴滑舌，就是谁也不服的刺头模样。只有这个叫傅遇的，长得端正，站得端正，一看就是好学生的模样。

"你说说看。"警察对傅遇说话的语气不自觉地就温和许多。

傅遇简单说了下自己经过时看到的情况，也及时补充道："警察叔叔，我们是被迫应战，是为了自保，才和他们动的手。"

这话李卯卯也说了一样的，但从傅遇嘴里说出来，就显得可信多了。

很快，警察也调取到了附近的监控，又根据口供，证明了这群学生说的情况属实。

婆娑等人因寻衅滋事被拘留了。

虽然这群学生是热情帮助同学，见义勇为，但因为动了手，所以，警察还是让他们叫父母来把他们接回去。

"叔叔，是这样的。"看着大家都苦着脸，傅遇又站出来跟警察交涉，"我们父母有的在工作，有的不在本区离得远，不一定能全部都过来，你看我们打电话给班主任让班主任过来行吗？毕竟我们学校就在附近，班主任过来也快。"

李卯卯跟其他人本来一片哀号，没想到见义勇为还要被叫家长。一听傅遇这话，大家都立刻意见统一地点了点头。

"行，那给你们班主任打电话吧！"警察考虑到实际情况，也觉得傅遇言之有理。

最后，是曲小强骑了个自行车吭哧吭哧过来把这件事给解决的。

大家从派出所出来时，已是华灯初上。

站在派出所门口，众人你望望我，我望望你，突然都不可抑制地笑了起来。

虽然了解了事情原委后，曲小强觉得不怪自己学生，甚至还为学生之间的团结而觉得欣慰，但跟别人动手不能鼓励。所以他看到一群学生笑得东倒西歪，仍是假装严肃道："笑，还有脸笑！"

一群人又憋住笑，看着曲小强。

"都赶紧回家，别再惹什么事了。"曲小强训斥道。

"好的老师。"大家乖巧地连连点头。

待他又骑上自行车翩然而去。程肆看着大家，真诚道谢："今天谢谢各位的帮助，如果大家接下来没有其他安排的话，我请大家吃个饭吧。"

"好啊，谢谢仙女霸霸！"李卯卯欢呼道。

"我没事，我们都没事。"旁边周星野跟其他两个男生前呼后应回道。

程肆看向沈嚣、傅遇，沈嚣双手插袋，不置可否，一副随意的态度，李卯卯已经着急替他答了："嚣宝也没事，我们本来打算在他家叫外卖的。"

傅遇在派出所怕爷爷担心，已经打了电话给他老人家说今晚要帮同学补课，晚点再回。所以他也笑着点了点头："我可以。"

一群人仿佛劫后余生般，浩浩荡荡冲向了饭店。

关风俨然已经把在场帮程肆的看成了自己人。点菜时他爽利道："随便点，今天算我的。"

所有人都以为关风是程肆的哥哥。

程肆也没解释，他们从小一起长大，关风、关若跟她之间的关系确实胜似亲兄妹。

关风坐在沈嚣跟傅遇之间，揽着他俩的肩膀拍了又拍，跟托孤一样语重心长地交代："哥们儿，我看你俩是好手，以后在江夏一定要照看着我家小公主。"

沈嚣特别讨厌别人靠近他，但对关风倒挺给面子。

不管关风怎么拍他，他都没推开，还难得地微微点了一下头。

傅遇就显得比他亲近多了，他和善应着："放心吧，我们都是同班同学，江夏没人会欺负她。"

程肆瞪了关风一眼："不准骚扰我同学。"

关风望着她嘿嘿一笑，点点头，本想搭上两人肩膀的手听话地放了下来。

这顿饭吃得热热闹闹的。李卯卯和关若光是聊游戏，就能把气氛炒得热火朝天。

程肆有一瞬间有些恍惚，仿佛回到了那些在麓湖时，朋友围绕在身边的时刻。其实她一直以来都是那种喜欢热闹的性格，喜欢朋友都围绕在身边，有人在笑，有人在闹。

妈妈很了解程肆的这一点。所以之前，她姨妈温屿彤想让程肆留在瑞士读书时，妈妈却希望她能回国继续她的学业。

"你的朋友都在那里，你应该回去。"妈妈说这话时握着程肆的手，笑容和蔼，眼底却流露着不舍和担忧。她知道自己时日无多，最放心不下的就是唯一的女儿程肆了。

程肆看着面前的杯子，在这样暌违已久的热烈气氛中，她忽然又想起了妈妈。

妈妈你不必担心我，你看我，还是和从前一样。

程肆看了眼傅遇，他和大家一样，正在听李卯卯吹牛。李卯卯说到精彩处，傅遇垂眸轻笑。不像是在笑李卯卯浮夸的口气，更像是被对方的活力和快乐感染了。

今天的傅遇和程肆印象中的样子有些不同，他似乎松弛了一些，额上柔软的头发垂下来，遮住一半亮晶晶的眼睛。

程肆边想着，边伸着筷子，眼睛看着正缓慢转到她面前的青菜炒香菇。可眼看那盘菜就要到她眼前了，关风那个没眼力见儿的，又唰一下转了下转盘。

程肆也不急。

当她正等待第二次机会时，傅遇却先一步伸出手，将转盘又倒转回来。

他不动声色地夹了一筷子他眼前的那盘菜，而程肆想吃的青菜炒香菇，不偏不倚，正好就停在她眼前。

程肆微怔着，夹了一块香菇放到自己的白瓷碗里。

她有点不确定，这是个巧合，还是傅遇在照顾她？

不过从认识到现在，傅遇好像一直就是周到而礼貌的。他如果想对一个人好，就能很温柔，润物细无声的那种温柔。

这是优点吧？但程肆大大咧咧惯了，她不禁想跟傅遇建议：帅哥是不需要做这些事的。他长得这么好看，已经是造福大众了。

程肆又想到傅遇如果真的只坐在"虎口余生"里当吉祥物，那情景一定很好笑。

她捏着筷子，兀自笑了一下。

傅遇不知道程肆在想什么，但看到她微笑的柔美侧脸，王冕的脸，像一道阴影，突然又爬上他的心头。

傅遇放下筷子，低声对程肆道："这次也抓不到王冕把柄，以他的为人，之后肯定还会有小动作，你打算怎么办？"

程肆想了想说："这个梁子是结定了，我看只有我当众给他磕头认错，可能他才会原谅我。"

"但是……"程肆不在乎地嗤笑一声，"可能吗，他配吗？"

傅遇没吭声，他当然也明白。

"没事。"程肆还反过来像安慰他似的，"兵来将挡，水来土掩。"

傅遇一愣，无声地笑了笑。这女生的心理素质一向强大，没错，兵来将挡，水来土掩，王冕作恶太久，总会有露出马脚的一天。

吃完饭，大家在饭店门口挥手告别，李卯卯他们已经被家长催促回家了，不能去沈嚣家玩游戏了。

关风、关若给家里打了电话，说晚上在程肆这边。

傅遇给爷爷打电话，听到他还在书店，准备去书店接爷爷。

因为是同一个方向，所以几个人就一起前前后后走在回去的路上。

傅遇先到了书店，跟他们挥手告别。

然后沈嚣就跟他们一起慢悠悠地往江畔公寓走。

关风很热情，揽着沈嚣说东说西，程肆发现，沈嚣虽然平时酷酷的，但其实他挺擅长跟人互动的。一路上他虽然很少接话，但从没让关风的话掉下去，每次在关风准备停顿时，他都会适时抛出下一个问题让关风继续说下去。

所以不知不觉走到江畔时，沈嚣跟他们一起进了小区，关风才忽然发现不对劲，一时有些呆住。

他问沈嚣："你也住这里？"

"嗯。"沈嚣点了点头。

关风吃惊过后，突然高兴起来："哇，太好了，哥们儿，我就说怎么第一次看到你就这么一见如故，原来我们这么有缘。"他铺垫完后，丢了一句："那以后阿肆上学放学我就放心了。"

"……"程肆知道关风是好意，但沈嚣不是她的，也不是他们其他人的朋友。

她跟沈嚣也没熟到那种地步，虽然两人去上学肯定有碰到的时候，就像上次一样，但要是麻烦校霸天天护送她，那就越界了。

她拉了关风一下，威胁道："你再乱安排我的事，我就让你死。"

关风一点都不怕，程肆的安危跟对他的威胁比，他当然更在乎她的安危。

再说了，男生更了解男生，沈嚣虽然一直说话不多，但关风就是能从沈嚣的言行举止里感觉到，他不会拒绝这个请求。

他用肩膀撞了撞沈嚣，大大咧咧道："这不是顺路吗，是吧，嚣兄？"

"他开玩笑的，你不要理他。"程肆转头跟沈嚣说。

沈嚣倒没介意："他说得也没错，顺路。"

关风正为沈嚣说的顺路高兴，然后发现，沈嚣不但跟他们一起走进了同一个单元，还走进了同一个电梯，而且还摁了上下紧挨着的楼层。

这下连关若都有些吃惊，她看着沈嚣问："你和公主殿下上下楼？"

公主殿下？沈嚣玩味地看了程肆一眼，从他们见面，这俩人都左一个公主右一个公主地喊。

程肆知道沈嚣似笑非笑的意思，她摸着关若的头跟沈嚣说："不好意思，我这个姐妹有点'中二'。"

沈嚣笑了笑，挺客气地回关若："对，我跟你们的……公主殿下……是邻居，楼上楼下。"

电梯到程肆家楼层，程肆带他们出了电梯，跟沈嚣告别："再见，晚安啊！"

"晚安。"沈嚣也懒懒地回了一句。电梯闭合的那一霎，他轻声说了句："公主殿下。"

说完之后，在无人的电梯里，沈嚣无法抑制地狂笑起来。为什么他们都高中生了，还这么"中二"地喊别人公主殿下？

哈哈哈。他也不知道为什么会觉得这么好笑。

他都觉得自己有病。

到家后，程肆跟关风、关若说："我换了一个新学校，以为能告别公主这个绰号，你们倒好，又重新给我安上了。"

关若边换鞋边笑："你就接受吧，你这个绰号都被叫了多少年了，从小叫到大，还有什么可挣扎的？"

"小时候还好，但现在我们都是高中生了，我听着羞愧。"

"那你跟这玩意儿学学，都高中生了，天天抱着个兔子，一点都不羞愧。"关风说着搋着关若的头扭了一下，关若回头又给他了一脚："你真的很烦人啊。"

程肆笑了起来。

三人很久没见，但不见任何生疏，换完鞋一起往沙发上一躺，惬意地找了适合自己的位置。

程肆给温倾铭打电话："舅舅你在家吗？"

温倾铭问："你回来了？"

"嗯，关风跟关若也来了，关风晚上要住你那里。"

"好。"

温倾铭把电话挂了，不到一分钟，程肆就看到她西装革履的舅舅推门而入。

温倾铭看到三人形态各异地"瘫"在沙发上："看把你们给懒的，去哪里玩了？"

"没有。"从放学到现在，打架吃饭一通折腾，程肆有些有气无力。

"我们就放学没事逛了逛，吃了个饭。"关若顺口接道。

"舅舅，我晚上住你那边，你屋里没舅妈吧？"关风完全不拿自己当外人，看了温倾铭一眼。

"你又不是不知道，舅舅是和尚，哪儿来的舅妈？"程肆懒懒地接话道。

"舅舅你这样不行，一年多没见了，你这还是'单身狗'啊。啊，不，不止一年，从我们小时候到现在，就没见过你有对象。"关风跟程肆两人一唱一和，挤对温倾铭。

温倾铭脾气好，懒得跟这俩没大没小的小辈计较，只是温柔地看着他们使出撒手锏："作业都写完了吗？"

"舅舅我错了，让我们休息一下。"关风直接求饶，"我们大老远来看阿肆，你怎么比我们老师都敬业，催什么作业……"

温倾铭笑了笑，看向旁边一直乖巧没说话的关若："若若最近学习怎么样？"

"上次测验年级第八。"鬼马少女规规矩矩地回答。

"哇，不错啊，很厉害嘛！"温倾铭捧场般夸赞。

关若心花怒放，望着温倾铭的笑脸，心里仿佛有烟花在砰砰砰炸开。

"我今晚有应酬，现在就出门了，你们早点睡，别给我折腾出什么事，听到了吗？"温倾铭看看这三人，看着程肆跟关风着重交代。

"知道了。"程肆说。

"遵命，舅舅，祝你约会成功。"关风看着穿戴整齐的温倾铭，调皮地补了一句。

晚上他们玩了会儿游戏聊了会儿天才睡，第二天早上，关风、关若很早就起床回学校了。

程肆迷迷糊糊问："今天不是周末吗？"关若说："高三人，高三魂，高三都是学习人，周末节假没有空，不到高考不解放。"

程肆笑了，突然意识到关风兄妹俩高三了，哪还有什么节假日周末，她挥挥手说："路上小心，高三人加油。"

"嗯！"关若举起拳头肯定地握了握。临出门前，回头抱了抱程肆，说："我走了，阿肆，你开心点。"

关若关门离去后，程肆反而慢慢清醒了。

关风和关若一直没问她转学的原因，但看到她现在的生活状态，应该也猜到了七八分。

关若临走前那句"你开心点"，让程肆心口空落落的，又翻涌起一些莫名的情绪。

她在床上又翻滚了一会儿，发现自己躺不下去了，决定起床。

周末的清晨，有一种悠然慢节奏的气氛。

程肆拎着滑板，走到街对面的江边广场。

江边广场就挨着浩渺的湘江，此刻江风舒爽，已有不少附近的居民在空地上锻炼身体。几个看起来刚满周岁的小朋友，像小鸭子一样在广场上跌跌撞撞地学步，不时发出咿呀咿呀的叫声和笑声。

程肆戴着耳机，踩着滑板在广场上兜圈，不时变换姿势，像一只轻盈的鸟。

玩了半小时左右，太阳逐渐升高，她身上也有细细的汗。

就在程肆准备回去的时候，她听到一声惊呼："啊——崽崽小心！"

她抬眼望去，刚好看到前方有个小朋友，趁妈妈不注意，独自摇摇晃晃地走到台阶处，抬起短短胖胖的腿，不知深浅地要往下走。

程肆来不及多想，踩着滑板飞速冲过去。在千钧一发之际，她跳下滑板，刚好接住了从台阶上摔下来的小朋友。只是因为手臂承重，身体重心又不稳，她狠狠地跪在了水泥地面上。

程肆痛得当时就叫了一声。

"崽崽，崽崽。"一个妇人叫喊着从台阶上冲下来。她从程肆手里接过孩子时，眼神又惊又怕，连声哄道："不怕不怕，崽崽不怕，妈妈在啊。"

暂时安抚了小朋友后，她又抬头冲程肆连声道谢："太谢谢你了姑娘，你……没事吧？"她担忧地看着程肆的膝盖。

程肆今天没带护膝，又因为天热，她穿的是短裤，两个裸露的膝盖血迹斑驳，皮肉里还嵌着细小的沙粒。

妇人内疚地提议道："姑娘，要不我陪你去医院拍个片吧？"

程肆试着抬腿，虽然痛感还是很强烈，但她判断应该没有伤及骨头，只是皮外伤。

"没事，不用那么麻烦了。"程肆冲妇人挥手安慰着，边抬头看自己的滑板到哪儿去了，她怕因惯性滑出的滑板再撞到别人。

程肆很快就看到了自己的滑板——竟是傅遇提着她的滑板，快步朝这边走来。

"你的腿，怎么样？"傅遇把滑板放在地上，蹲下身看了看程肆的膝盖，抬眼问她。

傅遇晨跑时经过江边广场，刚好看到了程肆救下小孩的惊险一幕。

"没事，好得很。"程肆笑嘻嘻地和傅遇打招呼，还想原地蹦一蹦，以证明自己身强体壮，小小磕碰不值一提。谁知她还没蹦起来，膝盖又痛得让她脸色一变。

傅遇皱着眉头看着程肆，有点想笑但又笑不出来。他在女生面前蹲下身，说："上来，我背你去医院。"

"不用。"程肆拍了拍他的肩示意他起身，"你扶我一下就行了，皮外伤。"说完，她以尽量保持双腿笔直、不弯曲膝盖的方式，走到旁边的台阶坐下。

妇人抱着已经停止哭泣的小朋友，对程肆说："姑娘，我留个联系方式给你，你如果去医院拍片给我打电话，我会赔偿的。"

"不用阿姨，你们回去吧，我自己的腿我自己知道，真没事。"程肆无所谓地挥挥手，"快带小朋友去吃点好吃的，他一定吓坏了。"

在程肆的再三坚持下，妇人才再次道谢离去。

程肆还在对趴在妈妈肩头、睁着一双大眼睛看她的小朋友做鬼脸，膝盖上又传来一阵痛。

程肆瞪着正伸着一根手指戳她伤口的傅遇："你……干吗？"

"试试你有没有伤到骨头。"傅遇淡淡道。他低头看着自己指尖一抹暗红色的血渍，低声道："我觉得还是去医院拍个片保险。"

程肆举着手保证："相信我，真没事，我从小摔到大，有没有伤到骨头我心里有数，我家里有治跌打损伤的药，回去擦一下就好了。"

傅遇见拗不过她，便把程肆的滑板夹在胳膊下，叹了口气，说："那我扶你回去。"

程肆也没再客套，她单手撑着傅遇的手臂，站起了身。两人并肩，程肆一瘸一拐地朝家里走去。

"从小摔到大？"路上傅遇问。

"啊，你没看出来吗，你看昨天我吃亏了吗？"

不但没有，还把那么高的男生一个过肩摔摔到了地上，傅遇心里默默地想。

"所以，你从小到大都打架？"傅遇问。

"啊？没有啊……"程肆干笑，她怎么可能会承认自己"一路火花带闪电"的壮举。她想了想说："我不喜欢惹事，我就是不喜欢别人在我面前……放肆。"

傅遇心想，你这句话就很惹事。

傅遇扶她回去的路上，她跟傅遇说自己小时候是在武术馆长大的，也是在武术馆认识关风的，后来还被舅舅丢去练过跆拳道，所以她才说自己从小摔到大。

"你是在湘城长大的？"傅遇以为她在国外长大，不过想想她和"虎口余生"的大家交情匪浅，看着也是常客。

"对啊，不然呢？"程肆疑惑问道。

"之前以为你在国外长大。"

程肆愣了愣，忽然恍然大悟地笑了，她跟傅遇解释："不是的，我只是在瑞士待了一年，我之前一直都在湘城，我是地道的湘城人。"

"那你原来高中在哪里读的？"傅遇疑问。

"麓湖啊。"程肆说，"你昨天见的关风、关若，就是我以前在麓湖时的好朋友。"

"啊。原来是这样。"傅遇终于明白过来。

"嗯嗯。"

傅遇扶着程肆走到小区门口时，碰到了睡眼惺忪，因为刚起床来不及洗漱打理而发型狂野的沈嚣。

十分钟前，沈嚣睡得正酣，他被他妈妈的"连环夺命CALL"给惊醒了。原来是妈妈忘带文件，非打电话把他叫起来，让他把文件送下楼。

沈嚣刚把文件塞给妈妈派来的人，转身就看到傅遇右胳膊夹着滑板、左胳膊托着程肆走过来。

沈嚣下意识想要原地立刻隐身——因为妈妈催得急，他又准备送完文件回去继续睡觉，所以身上只胡乱套了件运动背心和短裤。

他没想到自己会在衣冠不整、脸都没洗过的情况下，碰到同班同学，简直太尴尬了。

沈嚣闭了闭眼睛，仿佛听到自己的高冷形象在这个瞬间，哐当一下碎裂的声音。

但……程肆是怎么回事？好好一姑娘，怎么就瘸了？

沈嚣挠了挠自己狂野的头发，挑着眉毛问走到眼前的程肆："怎么了？"

"摔了。"程肆说完又有些后悔，玩滑板玩摔了，听起来也太废了……

"她为了救一个小朋友，把自己给摔了。"傅遇补充道。

"……"

沈嚣发现他这个同桌每天都过得挺惊心动魄，不是别人找她事，就是她给自己找点事。他不知道说什么，想了想竖一个大拇指给她比了个赞。

然后他看向傅遇，指了指他腋下的滑板："我拿？"

"没事，你忙你的。"

"我不忙，顺路。"他指了指身后的小区。

"啊。"傅遇反应过来两人住同一小区。但他没有让沈大少爷帮忙的意思，只是扬了扬下巴，示意道："走吧。"

沈嚣看着傅遇扶着程肆的背影，心情有点复杂地走在他们身后。

昨天大家才一起经历进派出所这种晴天霹雳般的事情，算是结下了一点交情。他如果就这么走掉，似乎有些不厚道。但看着傅遇扶着膝盖受伤的程肆，自己双手插兜在一边散步，这也不太像话。

沈嚣没话找话："你们这走得有点慢，得赶紧擦药啊。"

"……"

程肆没忍住白了沈大校霸一眼："站着说话不腰疼，你摔一下给我健步如飞看看。"

沈嚣怔了一下，然后像被程肆骂出了智慧般，灵机一动。

"停一下。"沈嚣喊住他们。

"干吗？"程肆懒懒地回头。

傅遇站在程肆右边，所以沈嚣走到程肆左边。他隔着程肆对傅遇说：

"左手给我。"

傅遇："啊？"

"赶紧的，别磨蹭！"

傅遇不知道沈嚣想干吗，但左手仿佛有自己的想法，在程肆身后伸向沈嚣。

沈嚣一把握住傅遇的手。

傅遇眼下的肌肉微微抽动了一下，他看着沈嚣没有说话。脸上似乎有微笑的表情，但眼神已经在砍人了。

沈嚣没空顾及傅遇的心理感受，拉住他边往下蹲边对程肆说："你左右手搭在我俩肩膀上，然后坐下来，会吗？"

程肆立刻明白了沈嚣的意思：不就是"抬轿子"吗？她小时候懒得走路时，关风他们也会这样架着她玩。

但她已经不是小孩了。

程肆刚想拒绝，谁知傅遇明白沈嚣的用意后，竟然也点头道："你坐吧，这样我们速度还快一点。"

程肆看了看傅遇，觉得他说得也不是没有道理。照她刚才那蜗牛般的移动速度，要走到单元门口，还得好一会儿。现在烈日当空，她不嫌热，也得考虑考虑傅遇和沈嚣的感受。

"那我就不客气了。"程肆没再推辞，小心地坐在他们的手臂上。

"坐好了，我们走咯。"沈嚣和傅遇同时使劲，架着程肆起身。

这么一来，他们的行动速度果然快了很多。只是让程肆没有预料到的是，他们穿过小区时，每个看到他们的邻居，都会投来好奇的一瞥。走进单元大厅时，大厅管家更是呆呆地看着他们三人，像看到三个外星人来访似的。

程肆单手捂着脸，假装看不到这一切。终于到了电梯口，她如释重负地说："把我放下来吧。"

傅遇跟沈嚣倒没觉得有什么，小心翼翼地将程肆放了下来。

余姨开门看到程肆腿上的伤口，吓了一跳。

她一边扶住程肆，一边招呼两个男生进门喝点水。傅遇和程肆这回倒很默契，齐齐摆手谢绝了。

程肆也没挽留他们，道了谢，在余姨的搀扶下进了门。

因为大早上就把自己给摔了，程肆的整个周末就都自动变成了自习时间。

她在家里老老实实地写完了所有作业，又找了几本同步习题集翻着做。题目做累了，她便趴在桌子上搭积木，一个人倒也玩得有滋有味的。

温倾铭回来看到她的残腿吓了一跳，听完原因笑得"幸灾乐祸"。

程肆一脸木然："我到底是你亲外甥女吗？"

温倾铭边给她上药边给她吃定心丸："那必须的，如假包换。我这表情其实是同情。"

程肆决定，下次她舅舅要有个什么意外，她也以此表情来表达一下同情。

养了一个周末，程肆膝盖上的伤口结痂了，走路的时候也没有了痛感。

周一早上，她照常上学时，在电梯里碰到了沈嚣。

沈嚣扫了程肆一眼，女生穿了长裤，无从得知伤势。他只好问道："伤好了吗？"

程肆抬了抬腿："要多好有多好，跑个一千米不带喘气的。"

沈嚣没忍住笑意，唇角上扬。程肆活力满满的样子，让他想起广告里那只装上了新电池的兔子，好像一蹦就能蹦到三尺高，一跑就能横穿撒哈拉沙漠似的。

"很好笑吗？"程肆看着沈嚣，"不信？"

"不敢不敢。"沈嚣连忙认怂。他真不敢，怕等会儿电梯门一开，程肆会提议和他比赛跑步到学校。

这种虎了吧唧的事，放在一般女生身上，那是绝对不可能发生的，可要是程肆，那真是"想象力有多丰富，舞台就有多大"。

沈嚣和程肆上次一起去上学时还有些陌生，不过几天时间，这次同行，他们已经熟络到可以开玩笑了。

年少时，大家交朋友不看身份，不在乎背景，只在乎对方这个人值不值得，只在乎他是不是自己世界里的那个人。

你在我危难的时候帮了我，于是对我来说，你就是安全可信的，如果以后有一天，你遇见危难，我也同样会站在你身边。

沈嚣以前对女同学一年说的话，加起来都没跟程肆这一路说的多。

班里同学看到沈嚣跟程肆并肩来上学时，眼珠都掉地上了，而且他们还看到那个一向都冷酷的校霸，侧着脸望着校花时，嘴角都是上扬的。

周末的事情通过各种渠道各种渲染，现在谣传的版本已经升级到大概 7.0 版本"校草校霸为争夺校花，各喊来社会青年和职高老大大打出手，最后打进派出所被警方调停"的地步了。

看来一切都是真的。

大家看程肆的目光充满了尊敬，校花就是校花，才来几天，就让他们的冷面校霸笑得那么不值钱。

立刻又有人转头同情地看着校草，那个平日里都笑得温煦的校草，此刻正面无表情地低头看书。他只有如此才能掩饰自己的伤感吧。

校花为什么不选校草，明明校草更帅更好啊。众人心里为校草默哀。当然也有一群人觉得校花跟校霸显然也很配，两人那特立独行的范儿，多像可携手闯荡世界的侠侣。

而本次事件的三位主角，完全不知道那些和自己有关的流言已在校园里传得沸沸扬扬，更不知道自己平常的一举一动，都成了大家疯狂演绎的素材。

事实上，"黯然神伤"的傅遇只是和以往一样，在专心地学习；而程肆跟沈嚣看似热烈地聊天，只是在探讨打斗经验……

不过，经过这一知名战役，程肆彻底被"焊死"在了校花宝座上。

程肆在教室里看到王冕时，他仍旧侧着身大大咧咧地坐在椅子上玩手机。

她走进座位时，王冕抬头看了她一眼，两人的目光在空中短暂地交会了一下。

王冕神色如常，眼底却写满了挑衅。

沈嚣因为站着等程肆先进去座位，所以王冕转头后对上了沈嚣的视线。

沈嚣面无表情，王冕顿了一下，缩回了挑衅的眼神。

但沈嚣已经将王冕所有表情尽收眼底，看来毒蛇学会了伺机而动。

第九章

校草是班长、校花是副班长、校霸是纪律委员可还行？

✧

周一晚自习的时候，班上开始进行选班委活动。

曲小强站在讲台上宣布："相信经过一周的接触，大家已经对身边的同学有所了解了，今天我们就一起来选一下班委。"和有些老师不一样，曲小强一直坚定地认为班委影响着班级气氛，所以对选班委这件事，他非常慎重。

班长的人选已经确定，仍是傅遇。而对于副班长的人选，曲小强也发表了自己的看法："我代表我自己，建议大家副班长可以选个女生。副班长这个职位也很重要，不光要配合老师和班长的工作，还要能补足班长的不足。我觉得选个女生比较好。希望她活泼大方，敢于代表女生发表自己的观点，愿意为我们班集体出力。"

"哎，"李卯卯撞了撞同桌周星野，"小强这形容，立马钻入我脑海的人你知道是谁吗？"

不待周星野回答，他接着说道："这副班长的宝座非我们仙女霸霸莫属嘛！"

周星野有点犹豫道："程肆什么都很符合，但是配合工作嘛……就不一定了。"

"哈哈，损还是你损。"李卯卯笑道。

曲小强在讲台上宣布："下面有想争取当副班长的人可以开始自荐演讲了。"

全班同学你看看我，我看看你，没有一个人上台。

"哟，"曲小强笑了，"大家都这么害羞，没有人啊？"

教室里一片沉默。

"真没人？"曲小强又不甘心地问了一遍。他着重看了几个女生，可大家都回避他的眼神，并发出窸窸窣窣的笑声。

"行，那直接进入投票环节吧。大家把自己心里的副班长人选写下来交上来。"

程肆面对着白纸有些迷茫，她刚来一周，只来得及认识她的前后桌跟同桌，再算上傅遇，也都是男生。现在才发现，没一个女生。她陷入了迷茫，她曾经可是姐妹众多的人。

她观察了一下座位，忽然发现班上其他位置，男男女女穿插坐都挺合理。只有自己这边，三排桌子，她一个女生在墙角像个孤岛一样被围着，怪不得她没女生缘，位置不对，她就说不存在这种事嘛，她放下心来。

她朝她同桌的桌面望去，想着校霸选谁她跟着选好了。

结果沈嚚看了她一眼，然后冲她假笑了一下，大笔一挥，唰唰唰在白纸上写下了她的名字。

"啊？"程肆脸都绿了，"你是个人？"

沈嚣手指轻敲着桌子漫不经心道："我又不认识别的女生。"

程肆："嗯？"

那老师也没说按认识的女生来选吧，再说这班上有你曾经的同学吧，说不认识别的女生有点虚伪吧？

但程肆不知道的是，即便同班过，沈嚣也真不认识，他平时是真没跟女同学说过话。

沈嚣看程肆的眼睛都喷出火了，好笑地安慰她："没事，反正还要计票，你得我一票又不会当选，就让我凑个数嘛。"

"名字下面一票难道不丢人？"程肆气得想咬人。

"那待会儿你也写我一票怎么样？"沈嚣尝试跟她谈条件。

"……"程肆想了想，决定待会儿全部都写沈嚣。

既然沈嚣的答案没有参考性，程肆就戳戳李卯卯问："选的谁？"

"你啊公主。"李卯卯回头冲她粲然一笑。

"……"程肆开始磨牙了，她认真地问李卯卯，"你们看我脸上写着'我想当副班长'这几个字吗？"

"虽然没有，但我觉得小强形容的那个女生就是你啊。"李卯卯一脸真诚。

沈嚣终于忍不住闷笑起来，他安慰程肆："你往好了想，你看你现在有两票了，没一票那么丢人了。"

"三票。"周星野从前面回过头悠悠地加了一句。

"……"

李卯卯捂着嘴偷笑，而沈嚣也继续闷笑。

行吧，既然这样，那大家鱼死网破吧。程肆两眼一闭，直接在纸上写了"沈嚣"的名字交了上去，也不管曲小强刚才的真诚建议了。

　　没有候选人，曲小强原本以为这样盲填，结果肯定五花八门，什么人的名字都可能有。但不知道是大家心有灵犀，还是程肆确实得人心，黑板上她名字下方的"正"字，一个接一个地增加。

　　曲小强默默笑了笑，这还真合了他的心意。

　　虽然程肆一开学就教训了人，但从另一个角度看，这个女生勇敢、不怕事。他还特意翻过她的资料，程肆的履历和她的成绩单一样漂亮。

　　程肆快疯了，起初看到自己名字后面三票时，她还觉得丢人，都是她周围三个人想把她架在火上烤。

　　但后面她的得票数加了一次又一次，以黑马的势头领先时，她慌了，这是什么操作？

　　她迷茫地望着班里她基本都不认识的人，到底谁投的她？大家为什么投她？她哪里长得像副班长？

　　"太牛了公主。"李卯卯以为就自己发现了程肆的人格魅力，没想到原来大家英雄所见略同。

　　周星野也向背后伸了一个大拇指出来："没想到才来一周，在班上竟有这样的影响力。"

　　沈嚣转着笔，看着程肆又迷茫又暴躁的表情，忍不住笑起来。

　　"你不为自己的人格魅力喝彩？"

　　程肆低头，以书挡嘴，深吸一口气骂他："喝你个头，你觉得当副班长对我是折磨还是成全？"

　　沈嚣一本正经地说："众望所归，我觉得你应该成全。"说完嘴角掩盖不住地又拼命上扬起来。

"……"程肆发现，熟了之后，她这个校霸同桌越来越欠揍了，平时损李卯卯、周星野不够，已经开始损她了。他还是酷一点好，起码那张嘴不会瞎讲话。

全部票数统计完毕，结果显而易见。曲小强鼓着掌，开心地走回讲台宣布："来来，有请我们最高票程肆同学给大家说两句。"

从不知道什么叫后退的程肆，头缓缓缩进书里。

"副班长程肆同学。"曲小强提高音量兴奋地喊着她。

大家的目光都跟探照灯一样照了过来，程肆不得不起身。她扫视了一圈教室后，发现那些人看着她的眼光，有陌生有探究，但都带着笑意——他们是真诚的、热烈的，也是友善的。

李卯卯带头给她鼓了个掌，然后其他人也跟着鼓起了掌。

程肆不知道为什么大家会这样对她，她本来想直接说"我不干"，但看到这些眼神，她话在嘴边一时说不出来。班上总共四十八个人，她认识的不到八个，却得到了四十票。

"程肆同学肯定非常意外吧！"曲小强笑着给她解围，"看看，都惊得说不出话来了，没事没事，只要之后为大家当好副班长，不辜负大家的期待就好，先坐下吧。"

程肆默默地坐下了。虽然她一向觉得自己人缘很好，但她从小到大都在一个熟悉的环境里，现在突然在陌生的环境，承受这些陌生同学的期望，她一时无比迷茫。

接着，班里又选举了学习委员、文艺委员等其他班委。后面这些班委倒是有人毛遂自荐，大家都大胆上台演讲，有郑重的有幽默的，气氛也随之活跃很多，选举也很顺利，基本大差不离，都在那些自荐的学生里选出了。

直到最后，只剩一个纪律委员了。

曲小强拍拍手说："纪律委员可是一个苦差使，这管纪律的，要是碰到不服管的同学，就太难做了。"

说着，他老谋深算地笑了笑："所以老师逆向思索了一下，纪律委员我建议，由我们班最难管、不服管、谁都管不住的同学来担任最好，这样，先管好自己，其他同学也都会服气。"

曲小强说完这话，有些同学有意无意朝沈嚣看去。

沈嚣隐隐感觉到气氛有点不对劲，他抬眼扫了一圈，刚才那些偷看他的眼神又躲了回去。

这次轮到程肆闷笑了，她说："班主任就差把你名字写在黑板上了吧。"

程肆刚说完这句话，曲小强就在台上笑眯眯道："我看大家好像都已经知道我说的这个人是谁了——对，就是沈嚣同学！"

"……"沈嚣看着曲小强笑眯眯的脸，十分无语。李卯卯跟周星野早就笑得东倒西歪了，李卯卯竖着大拇指低声跟周星野夸曲小强："高，还是老班高，就冲他这么不拘一格降人才，我以后都得听他的话。"

"我不干。"沈嚣一点都不顾及曲小强的面子，直接拒绝。

"为什么？"曲小强仿佛早料到了他会拒绝，振振有词道，"你如果不干，那大家选出别的纪律委员后，纪律委员管你迟到早退旷课，管你上课不听课，你服管吗？"

亲爹都不服管，还会服纪律委员的管？沈嚣觉得曲小强在说梦话。

但为了不干这纪律委员，他撒谎都不带眨眼的，直接应下："服管。"

"你们信吗？"曲小强问班上同学。

"不信"这两个字大家是不敢回答的，但大家以低笑表示了回答。要是一两个沈嚣还能把他们给瞪得不敢笑，但现在目标太多，沈嚣不知道要瞪哪一个。这些同学都怎么回事，平时怕他跟什么似的，现在怎么人多了胆就大了？

"好了，这事就这么定了。"曲小强一锤定音，不再给沈嚣说话的机会："希望纪律委员为大家做好表率，也希望纪律委员管好班级纪律。大家都要服从纪律委员的管理啊！"

高二（7）班学生：这还用交代？谁敢不服从？简直是瑟瑟发抖好吗？

校草是班长、校花是副班长、校霸是纪律委员可还行？

程肆本来还想下课跟曲小强请辞，但定完所有班委值日时间表，曲小强仿佛想到了这一点，又补充道："这些都是大家选出的班委，有想请辞的，得说服全班同学再重新选一次。"

程肆："……"

曲小强这是摆明了断绝她后路。

她和沈嚣对望了一眼，瞬间就读懂了彼此眼底的万念俱灰。

只有李卯卯跟周星野笑得前仰后合。

这个消息很快就传遍了整个年级。

大家都觉得高二（7）班班主任魔怔了，沈嚣，那个常年冷面又不服管教的校霸沈嚣，当纪律委员？

这可真是笋它妈给笋开门——笋（损）到家了。

上完晚自习放学，程肆跟沈嚣一前一后结伴回去，傅遇去书店接爷爷，所以一路同行。

路上，沈嚣面无表情地跟程肆打招呼："哟，副班长也回家啊？"

程肆面无表情地回："是呢，纪律委员，以后请多关照。"

两人说完后，又同时沉默了。

沈嚣一脸郁闷："我从小到大没当过班干部。"

程肆两眼无神："谁不是呢？"

"我去。"沈嚣烦躁地踢飞脚下的石子，"有什么办法可以让小强改变主意吗？"

"干掉。"程肆建议，然后问沈嚣，"有什么办法可以让全班同学重新投票吗？"

"挨个干掉。"沈嚣回。

程肆白他了一眼，跟看白痴一样。

沈嚣看她一眼，那眼神也好不到哪儿去。

旁边傅遇听着他俩跟傻子似的对话，摇头笑了笑。

两人现在才想起旁边还有个从小到大都担任班长的人在，一起转头瞪傅遇。

"有那么绝望吗？"傅遇不好意思地收住笑。

程肆和沈嚣看着他，同时郑重地点了点头。

"你们俩不要有那么大的心理压力，跟平时一样就行。"傅遇顿了顿，一本正经地说道，"班上同学找你们帮忙，你们春风拂面、耐心以待就好了。"

"春风拂面？"沈嚣瞪着他问，仿佛听到了什么不可思议的事。

程肆指着沈嚣跟傅遇笑："你这不是为难他吗，他只有冰冻三尺脸。"

沈嚣瞪向程肆，动了动手指，趁程肆不备捏住她脖子威胁："你说谁冰冻三尺脸？"

程肆也不是吃素的，想起他们早上探讨过的招式，正好实践一下。她一个反剪将沈嚣的手臂往后扭，沈嚣一个旋转又把她的招式拆了，她不服又走了一招，沈嚣又拆，两个人须臾间已经过了几招，最后谁都没占到便宜。

程肆松开手拍了拍，笑着躲到傅遇背后："不负相遇，你也跟他过几招挫挫他的锐气。"

傅遇看着他俩过招已经无语了，他第一次觉得沈大校霸多少有点缺心眼儿，跟谁过招不能过，竟然找程肆一个女孩子练手。但见他们打打闹闹，傅遇也起了几分少见的玩心。他挡在程肆身前，冲沈嚣招招手："来，我来试试。"

程肆笑着，看着两个男生招式拆解。两个男生身高差不多，长得也都好看，举手投足间都是潇洒与力量。过着招过着招，程肆又没忍住，掺和进来使了个阴招帮傅遇，于是沈嚣也开始不讲武德，最后三人过着过着，开始乱拍一气，傅遇拉着程肆跑，沈嚣在后面追。

三个人的笑声震动了整条街。

要不是他们三个走得比较晚，路上已经没什么同学，恐怕第二天学校传闻又会升级一版——校花校草校霸深夜打闹，三人同行一路欢笑。

"听说您当了副班长。"关风给程肆发了条信息——这消息他还是在江夏的投稿墙上看到的。

以前江夏的投稿墙也挺热门，浏览量和评论数都居湘城各校之首，但自从高二（7）班那三位的故事上墙后，何止热门，简直是要爆炸。每次只要这三人之间有点风吹草动，消息上墙，当天的浏览量都是成倍成倍地增长。

大家看得乐此不疲，津津有味，还有各方人士补充小道消息，想象画面，甚至还有人开始"站CP（人物配对）"。

校花校草跟校花校霸，两边CP势力不相上下，甚至还有一小撮人站校草和校霸的——粉圈雏形俨然已经形成。

关风："嗯？"他平时不关心娱乐圈，这些 CP 粉之间的对战，看得他目瞪口呆。

他像个老父亲一样浏览着和程肆有关的八卦新闻，脑海中不由得浮现傅遇跟沈嚣的脸。

这两个男生，虽然各有各的帅法，人也都不赖，但和他家小公主比，还是差远了。

身在江夏的程肆，完全不知道关风跌宕起伏的心情。她最近几天上课已经上蒙了，各科老师留的作业不计其数，完全不给学生喘息的时间。毕竟江夏每年的一本升学率很高，可不是闹着玩就能有的。

做班委倒没程肆想象中那么难，她除了帮傅遇一起点名和维持早读纪律，没什么大事。而新任纪律委员，又是名声在外的沈嚣，大家一时又没摸清他的"执政理念"，所以全都老老实实的。

程肆看到关风的信息时，正写作业写得披头散发，只随手回了个"嗯"。

关风立刻委屈地表示："你变了，你以前从来不当班委的，你说当班委影响你'行走江湖'，以前我选你当班长你都不干。"

"我现在也不想干，但是我初来乍到，不好拒绝。"

程肆这么一说，关风突然觉得，自家公主可真是太惨了，都被架到她最不喜欢的班委位置了。他想起上周，要不是他和关若刚好去看程肆，谁知道那群不知哪里来的牛鬼蛇神会把她怎么样。

程肆是关风从小保护到大希望她能一辈子横着走的妹妹，现在突然转到陌生学校，还要委曲求全当副班长……

关风想着想着，气得肝都开始疼了。

下课的时候他去隔壁班找关若。

虽然他们俩时常拌嘴，但是在有关程肆的事情上，那肯定是一条心的。

关若咬着棒棒糖，双手环抱，想了想："哥，我们必须给公主撑撑场子，免得有些不识好歹的，看她是转学生，以为她无依无靠，动不动就想欺负她，我们麓湖的公主殿下，岂是任人欺负的？"

关风点头，他也正有此意，但是怎么撑？他看向妹妹。在这方面关若就是行家，从小到大，那些石破天惊的馊主意，没一个不是古灵精怪的关若出的，而关风就是那些馊主意的最好执行者。

关若想了想，如此这般地跟他说了一下，关风乐得连连点头。

曲小强指定沈嚣为纪律委员时，班上同学虽然为他这种剑走偏锋的做法叫绝，但对最终效果，看好的人没几个。

但很快，高二（7）班体会到了校霸是纪律委员的好处，那真是倍儿有安全感，"真香"来得有些猛烈。

周四晚自习，所有老师都去开会了，大家都坐在自己的位置上安静地自习。但高二（7）班，一直有人在小声地哭。

是文娱委员序薇，她缩着肩膀趴在课桌上，用袖子堵着自己的嘴，却还是堵不住那抽噎声。她同桌很想安慰她，但瞥了一眼纪律委员，不敢说话，只能不停地递纸巾。序薇也怕校霸纪律委员，但她控制不住自己的眼泪。

安静的班上，大家都装作没有听到，序薇抽噎一声，大家瞟纪律委员一眼，似乎很怕他会站起身直接抡序薇一拳。

程肆觉得序薇这么一直哭下去也不是个事，但她和序薇不熟，似乎不适合第一个开口。程肆想了想，抬起胳膊撞了一下身边的沈嚣，用眼神示意他去关怀一下序薇。

沈嚣看懂了程肆的眼神，但他没动，只觉得头皮一阵阵发麻。

女生哭他怎么管？他生命里就没存在过这种事。

程肆小声说："班委要了解同学，帮助同学，对同学要春风拂面般关怀。"她搬出傅遇作为行家提点他们的话。

"那你去。"沈嚚给她丢了三个字。

"……"程肆抬头看傅遇，傅遇刚好回头在看她。程肆示意他管，搁平时傅遇肯定会过问一下，但现在，傅遇觉得可以给程肆跟沈嚚一个锻炼机会，所以他冲她鼓励地点了点头。

程肆："……"

序薇哭了快十分钟了，还没有要停止的意思。班长和纪律委员都不动如山，程肆想了想投票时曲小强说的话，她硬着头皮上前小声问序薇："你怎么了？哪里不舒服吗？"

程肆不问还好，她一问，仿佛打开了女生眼泪的水龙头，序薇哇的一声大哭了起来。

程肆倒吸一口凉气，瞪大了眼睛，不知道自己戳到女生哪里的痛处。她印象中，文娱委员序薇活泼大方，能歌善舞，笑起来脸上还有个甜甜的酒窝，看起来是个很开朗的姑娘。可今天她当着全班人的面就哭成这样，这是怎么了呢？

沈嚚被女生哭得有点脑壳疼，他皱着眉头问序薇的同桌："她到底怎么了？"

序薇的同桌唯唯诺诺看他一眼，又转头看看大哭的序薇，不知道要不要说。

"不好说？"沈嚚这句明明是疑问句，但序薇同桌跟听到威胁一样，立刻磕磕巴巴地回答："她……她被隔壁班的于驰骋欺负了。"

"一次说完可以吗？"沈嚚对这种挤牙膏似的回答有点不满。

序薇同桌拽了拽序薇的衣服，希望她自己面对校霸的拷问。序薇感受到了她的为难。她终于停下了大哭，抽噎着说："是我的……我的私事，呜呜呜，你别打她，我说。"

沈嚣："嗯？"他哪里看着像要打人？

序薇控制不好情绪，说得颠三倒四："我对他真的很好，可是他为什么要那样对我？我为他还骗了爸妈，就为了……就为了多要点钱给他买手机、耳机，但是他现在不理我了，呜呜呜呜，他还说已经不想看到我了……"

"你别难过了，薇薇，你看清了他的为人，以后就不要理他了。"序薇的同桌握着她的手安慰她。

既然序薇说了，她同桌也就不再掩饰，把序薇没讲清楚的地方七七八八讲明白了。

是关于序薇和隔壁班一个叫于驰骋的男生的事。

一开始，于驰骋对序薇很好，晴天买水雨天撑伞，各种小段子逗得女生总是笑逐颜开。两人熟悉之后，于驰骋就开始明里暗里地表示自己家庭条件不好，他很喜欢某些东西但是买不起。

爸妈平时给序薇的零花钱不少，她心疼于驰骋，主动买他想要的礼物送他。于驰骋当然表现得很高兴很感动，但后来他想要的东西越来越多，价钱也越来越贵。

手机、手表、球鞋……序薇为了满足于驰骋的这些要求，甚至还多次骗她爸妈说学校要缴费，要到的钱也全都用来给于驰骋买礼物了。

但自从于驰骋身边出现了另一个给他送礼物很大方的女生后，他就不理序薇了。

序薇当那个女生的面，质问于驰骋，于驰骋却嗤笑一声告诉她，他只是把她当普通同学，请她不要多想。

序薇直到这时才知道，于驰骋对她的所有好，不过是为了交换他想要的礼物。

序薇不仅破财，还被伤透了心，自尊被对方扔在地上践踏，自然情绪失控。

班上男生听得已经摩拳擦掌了，女生也听得义愤填膺。

程肆脸都绿了，这是什么垃圾堆里出产的垃圾？榨取女同学的生活费满足自己的虚荣心，而且还用最低端的手段——感情捆绑——把人甩掉。

沈嚣隐隐觉得他同桌的拳头硬了，感觉她下一刻就打算冲出去怒发冲冠为红颜了。

但事件另一个主角是隔壁班的男生。

他轻轻拍了拍她的胳膊，示意她少安毋躁。

程肆定了定神，吸了口气平复了一下愤怒，冷静地问序薇："你还觉得他好吗？"

幸好序薇已经清醒过来，虽然伤心但还分得清是非，她抽抽搭搭地说："我……我很讨厌他，但我就是很难过，特别难过，呜呜呜……"

"给你报仇，你的难过会不会缓解？"

"怎么报？"序薇停止哭泣，瞪大眼睛望着程肆。

"报不报？"程肆再问。

序薇看着程肆，莫名地被她的话点燃，抽噎了一下，却毫不犹豫地点了点头："报。"

程肆正准备起身，沈嚣一把摁住了她。他起身，懒懒道："卯卯，星野，跟我出去。"

"好嘞嚣宝！"李卯卯跟周星野一听立刻站起身，其他男生一看这架势立刻猜出沈嚣准备去干吗。青春期的男生尚未领略过生活的重压，最容易热血过头。其他男生也按捺不住，纷纷站起身，跟乱世时上战场保家卫国般，热血沸腾地要求加入："嚣哥，我去。""我也去。"

自己班上的女生被其他班的男生欺负了，岂有坐视不理的道理。

傅遇有些头疼，他就知道，论如何把事情闹大，程肆沈嚣绝对是好手。

他起身安抚道："你们冷静一点，先坐下。"

班上同学齐齐看向傅遇，李卯卯以为傅遇要阻挠，不满地开腔："班长，你不会看着同班同学被欺负不管吧，你怕惹事，我们不怕。你就当没看到不跟老师告密就行了。"

李卯卯说这话时的语气不太友好，有点明着嘲讽傅遇的意思了。但傅遇不怒反笑。他走过去搭着李卯卯的肩膀，把他按回座位，不紧不慢地说："你们——继续自习，我跟沈嚣去就行了。"

啊？班上众人齐齐露出震惊脸——班长这是要和纪律委员强强联手，组成复仇者联盟？可这也太不像班长大人向来平静温和的作风了。

程肆也意外地看向傅遇。他依然是那副温和中透着疏离感的清俊模样，但眼神坚定，没有说笑的意思。

他是认真的。

沈嚣和傅遇一起走出门。虽然傅遇就走在他身边，两人肩膀的距离不足一拳，但沈嚣还是觉得很荒谬。

傅遇呀！班长呀！优等生呀！

傅遇这是要和自己一起去揍人呢，还是准备在自己揍人时，说时迟那时快地拖住他后腿？

沈嚣干脆直截了当地问傅遇："你打算过去干吗？"

不会是想给人上一堂思想品德课吧？

后面这句是沈嚣觉得最有可能发生的状况，但他没问出口。

傅遇看了他一眼，似笑非笑地说："给你兜底啊，怕你把人给打退学。"

他这话倒也不假。沈嚣领着班里男生找上门去，谁知道最后会不会变成聚众斗殴？只有他和沈嚣两人的话，他起码还有把握将事情控制在可控范围内。

傅遇的话，让沈嚣气笑了——我需要你兜底？老子需要你兜底？

校霸十多年纵横校园的人生里，第一次听到有人跟他说给他兜底。

沈嚣很想跟傅遇打一架，但现在不是时候。

"可笑！"他送了傅遇两个字。

沈嚣一脚踹开了隔壁高二（8）班的门，想象着是踹在了傅遇脸上。

高二（7）班的墙都隐约感受到了沈嚣的怒气，（7）班后排的男孩子兴奋地从后门探头探脑往（8）班张望。

（8）班所有同学不管是在学习的，还是在打闹、窃窃私语的，集体被那声巨大的踹门声给惊到，顺着动静齐刷刷看向门口，然后瞬间定格。

他们看到隔壁（7）班的校草班长跟校霸大佬，仿佛一双"璧人"，出现在他们班门口。

校草穿着笔挺的白衬衫，书上那句"陌上人如玉，公子世无双"，用在他身上真是无比贴切。而他身旁的校霸同学，那天恰好穿了黑衬衫，面无表情，下巴微抬，十分酷。

两人双双走向讲台，然后校霸大佬面无表情地扫视了全班一眼，手轻轻捶了捶讲桌问："你们班谁叫……"沈嚣一时卡壳，那个男生叫什么名字来着？

在高二（8）班全体同学灼热而好奇的眼神下，校霸面无表情地陷入沉默。

傅遇瞥了沈嚣一眼，心知他是想不起对方的名字了。傅遇挑了下眉毛，努力抿紧自己想要上扬的唇角。

沈嚣看向傅遇，用眼神示意他：你来，赶紧的！

傅遇不慌不忙，又停顿了三秒，才收敛起笑意。他对着（8）班同学正色道："请问于驰骋是哪一位？"

所有人立刻眼神统一地望向一个座位在教室中间的男生，那个男生摸不着头脑，但看两人的架势，有些心虚，却不得不答："找我干吗？"

沈嚣快步走下讲台，笔直地朝于驰骋走去。

于驰骋不属于特别帅的那种类型，但长得算是清秀，戴了个方框眼镜，看起来很文弱。他看着全校闻名的校霸一步步走向他，心里直发毛，但还是硬着头皮问："有什么事吗？"

沈嚣走到他桌前，手指轻轻点了点他书桌上的课本："你……"

于驰骋的心不由自主提了起来。

"把东西交出来。"

"什么东西？"于驰骋有些迷茫。

"那个谁，给你买的那个什么。"沈嚣皱着眉头不耐烦地说。

傅遇在一边补充："序薇给你买过的东西，手机、耳机……你要求她送你的全部东西。"

高二（8）班同学纷纷吸了口气，表情精彩纷呈。

于驰骋被当众揭短，刹那脸色变得很难看。他想反驳以保全颜面，但校霸的剧本上显然没有这一段。

"快点！"沈嚣瞪着于驰骋，看不惯他磨磨叽叽的样子。

于驰骋硬着头皮，不甘心地辩解道："那是她自愿送的，我……我没逼她。"

"她现在想收回了。"沈嚣居高临下地俯视着他。

于驰骋面对校霸的"王之蔑视"，最终不情愿地将手机、耳机、手表、钱包、游戏机从桌洞里拿了出来。

好家伙，还真不少。沈嚣瞥了一眼问："还有吗？"

于驰骋低头看了一眼脚上的鞋子，低声道："还有鞋。"

"脱掉。"沈嚣命令。

"啊？"于驰骋看了沈嚣一眼，沈嚣面无表情，冷眼以对。

他又看向傅遇。

傅遇对他温和地笑了一下，说："快点吧，不然要耽误你的学习时间了。"

这话说得好像很为于驰骋着想的样子，但同时又表明了他和沈嚣才是一路的。

"……"

于驰骋不得不脱下了鞋子。

"现在带上所有东西，过来。"沈嚣丢下这句话后，转身走向门口。

于驰骋面露难色，他没有鞋子，只穿着袜子，怎么走路？

沈嚣回头看到他没动，用拳头砸了一下门，显示最后一丝耐心即将消耗殆尽："不要浪费时间。"

于驰骋被沈嚣的砸门声惊得浑身一激灵。他很怕校霸的拳头下一刻真的会砸到他脸上，也顾不上袜子会脏了，立刻从座位上站起来，提着鞋子，抱着那些数码产品，灰溜溜地跟在沈嚣和傅遇身后走到了（7）班。

沈嚣用下巴点了点序薇的位置："过去，把东西还了，道歉。"

序薇已经停止了哭泣。她望着那个男生，眼底一片灰暗。那个男生，明明曾有这个世上最明亮的笑容和最高远的志气，此刻却唯唯诺诺地站在傅遇和沈嚣身边，头垂着，像只无精打采的鸵鸟。

她感觉他好陌生。

于驰骋走到序薇面前，把东西都放在了她桌子上，他不舍地看了看提在手里的鞋子，放在地上。

序薇看了他一眼，哭红的双眼里还剩最后一丝怜悯，她咬咬唇道："鞋子……你留着穿吧。"

于驰骋却没有立刻穿鞋，而是回头看了一眼身后的沈嚣和傅遇。

沈嚣不置可否地看了他一眼，然后扭过头——眼不见为净。于驰骋才敢放心地把鞋子放在地上穿上。

"对不起，序薇。"穿上鞋子后，于驰骋向序薇道歉。

序薇终于得到了她想要的道歉，但这一刻，她没有得偿所愿的满意和欢喜，只有满心的酸楚。

于驰骋讥讽过她的那些话还仿佛在耳边，而这一刻，他又因为害怕沈嚣和傅遇而向她小心地赔不是。

他对她的讨好是假的，利用和羞辱是真的；他对她的歉疚是假的，害怕被揍和被惩罚才是真的。

序薇觉得自己好傻，为了他做尽了荒唐事，忍着饿都要把饭钱留下来给他买东西。

她失望而冷漠地看着于驰骋，似乎瞬间从浑浑噩噩的梦中清醒过来。

"希望你以后想要什么自己赚钱买，不要再骗人，也不要再向人乞讨了。"序薇的话里，充满对于驰骋的鄙夷。

于驰骋脸上青一阵红一阵的，犹如火烧。

他转头看沈嚣和傅遇，沈嚣皱眉，嫌弃地看了他一眼，对他说了一个字："滚。"

男生立刻转身跑出了（7）班。

第十章

恭迎肆公主入驻江夏！
恭贺肆公主大展宏图！

◇

（7）班学生都觉得格外解气，不知道谁带的头，大家突然鼓起了掌。

"帅呆了我的嚣宝。"李卯卯边鼓掌边夸赞沈嚣，说完也不吝啬夸傅遇："班长也好厉害，哎，有这样的纪律委员和班长，我突然觉得好有安全感。"

"谢谢大家。"序薇虽然仍旧眼睛红肿，但心情已经好了许多。

沈嚣抬了抬手，表示女生的感谢他已收到，然后面无表情地走回自己的位置。

傅遇面带微笑对大家做了个安静的手势："好了，继续上自习吧。"

这事很快传遍了全校。

所有人都知道，高二（7）班那个校草跟校霸，齐齐为班里的女生出气。高二（8）班的女生更是将沈嚣和傅遇踹门进班的那一幕，描述得宛如两大天神下凡，英俊威武，天下无双。

还有女生羡慕无比地放出狠话："要是校草跟校霸替我出头，我也愿意吃一下爱情的苦。"

序薇的"情变事件"，使大家对沈校霸改观不少，大家发现原来校霸极具正义感，没有想象中那么可怕。开学便威武不屈的校花，原来不但勇猛，还那么讲义气，程肆也在女生中树立起了属于她的威信。

下课的时候，序薇主动叫程肆一起去小卖部买零食。

程肆有些吃惊，但很快就愉快地答应了。

一群女生走在去小卖部的路上，你一句我一句地跟程肆说，其实程肆来第一天，大家就很喜欢她，但是因为她看起来太酷了，同桌还是校霸，所以没人敢靠近聊天。但大家又都偷偷笑着，仿佛跟邀功似的，跟她说，副班长投票时，她们都有投她一票，因为觉得她身上有邪不压正的正义感。

程肆暗叹，怪不得她的票数遥遥领先，都是拜这群热情的同学所赐啊！

程肆原本就是爱交朋友的性格，对女生们善意的热情来者不拒。

沈嚣有些无语，他同桌突然变成了全班最受欢迎的女同学。

以前女生看到他恨不得绕道走，现在，下课只要李卯卯跟周星野不在，总有胆大的女生跑到他俩位置上跟程肆叽叽喳喳聊天，已经完全不在乎他是不是在睡觉了。或者就算他们都在，还是有女生明目张胆地跑到他身边喊里面座位的程肆出去玩。

开学两周，曲小强对班里的气氛非常满意，他看到程肆跟同学开开心心在一起，沈嚣跟同学和和睦睦相处，听各个任课老师反映，班上纪律也都挺好，他觉得让他俩当副班长和纪律委员是一项格外英明的决定。

周五放学的时候，他仍旧唠唠叨叨，提醒大家周末不要总惦记玩了，多搞搞学习。高二不努力，高三就费力，高二不学习，高三来不及。整个班的学生都被曲小强说得窒息了，仿佛明天就要进入高三年级。

就李卯卯这个没心没肺的，依然乐呵呵地提前收拾好书包，跟周星野催着沈嚣赶紧去沈嚣家补上周没打成的游戏。

沈嚣看了他同桌一眼，程肆还在低头写作业，他敲敲程肆桌子："放学了。"

最近一周下晚自习，他跟程肆都是一起走的，也没特意约，就同路，心照不宣。

有时傅遇会跟他们一起，有时就他们两个。

但今天没有晚自习，程肆抬头对他一笑说："知道啦，你们先走吧。"

她打算把这张卷子写完再走。

"嚣宝，快走啊！"前面已经等不及的李卯卯回头叫他。

"走你的。"沈嚣有些烦躁。

沈嚣他们刚离开，程肆电话响了。

她接起电话："掐点打来，不会又过来接我放学了吧？"

"咦？"电话那头关风惊喜道，"你能掐会算啊，没错，我们又来了，赶紧的，校门口等你很久了。"

"知道了。"程肆笑着挂了电话，摇摇头收拾书包。她打算和关风商量下：他和关若都高三的人了，不要每周来接她放学。下次可以换她去麓湖看他们。

程肆离开教室时，傅遇也刚好收拾好了东西，随着熙熙攘攘的人流，他们一起朝学校门口走去。

江夏学校门口。

来接学生的家长来来往往，翘首以盼，但有一队穿麓湖校服的学生站在校门口格外惹人注目。

大家边往学校里看学生，边好奇地打量这队人，穿麓湖校服不是重点，重点是这些男孩子个个身高均在一米八左右，十多个男孩子，整整齐齐地站在那里，特别精神好看。

关风跟关若隔着校门朝里面张望，关风兴奋地跟他们叮嘱："一会儿就来了，一定要记得口号。"

大家笑道："放心吧，记得记得。"

其中一个还跟他开玩笑："风哥，这么简单的一句话要不记得，那我们就是智障。"

关风笑："可千万别一时嘴瓢。"

"那哪儿能啊，重要时刻，必须把场子给公主支棱起来啊！"

关风赞赏地点了点头。

这些都是他们在麓湖的好朋友。

李卯卯刚走出校门，就看到一堆穿麓湖校服的人。

"麓湖的人跑我们学校门口干吗，这么一大批，有什么比赛吗？"李卯卯疑惑道。

周星野推测："不会是来打架的吧？"

他俩对望了一眼，想起上周周末那次，是一批职高的人来，这次换麓湖的人。"不会又是来找仙女霸霸麻烦的吧？"李卯卯担忧道。

沈嚣没有说话，他眯眼看着那群穿着麓湖校服的人，突然看到一张熟悉的脸。

"关风？"

关风也看到了沈嚣，和他招呼道："哎，沈嚣，放学了啊。"

"嗯。"

"哇，是你啊关风！"李卯卯看到关风就安下心，但随即又吃惊道："原来你是麓湖的啊？"

"对啊，上次没告诉你们吗？"关风问。

"没有。"说完李卯卯打量着这一大批人好奇地问，"你们这是……都来接仙女霸霸放学？"

"嗯，我们来给阿肆撑撑场子，给那些对阿肆心怀不轨的人来个下马威。"

"怎么样？这个下马威够威风吗？"一旁被人群挡住的关若突然冒了出来，她今天戴了一顶粉色的假发，穿着粉黑配的JK制服，吸引了许多人的注意，暗黑俏皮感浑然天成，"这可是本小姐我的大计。"

"若若！"李卯卯看到关若特别开心，上次一遇，关若也成了他心里的奇女子，所以他格外捧场地狂点头，"威风！够威风！威力无穷！威风八面！你太厉害了！"

几个人说话间，程肆跟傅遇已经由远而近走了过来。

关风立刻转头，做了个手势，所有人位列两边，跟站军姿似的站姿笔直，齐齐看向校门。

程肆前脚迈出校门，关风一挥手，他们齐声大喊："恭迎肆公主入驻江夏！恭贺肆公主大展宏图！"

十几个男生中气十足的喊声，气势磅礴，震耳欲聋。

校门口人来人往，这一声声震天呼喊，惊得路人纷纷停住脚步看向麓湖那群人——这站得跟迎宾先生似的，干吗呢？

大家又顺着这群男生注视的目光，望向来人——是一个穿红裙的女生，长得明眸皓齿，一头披肩黑发柔顺如墨。微风吹过时，她发丝飞舞，红色的裙摆飞扬，站在人群中，整个人竟有种豪门千金的气势。

江夏的学生反应过来：这不是传说中新转来的校花吗？

而此刻，校花旁边还站着英俊的校草。

傅遇依然是一身白衫，搭配轻便的蓝色牛仔裤和板鞋，气质清爽又干净。

这样两个人中龙凤站一块，甚是养眼。

傅遇没料到校门口有人摆了这么一出大阵仗，还是为了程肆。他看向程肆，显然程肆也毫无心理准备，脸上的表情由惊愕到无语再到崩溃最后到淡然平静。

不过刹那，已然精彩纷呈。

傅遇垂下眸子，弯了弯唇角。

沈嚣他们跟关风一起站在旁边，但他现在特别后悔为什么没提前离开，现在看来，原来不止关风、关若比较"中二"，麓湖的学生都气质如此。

不过……他望着众人恭迎的女主角，突然若有所思。

程肆仿佛亲历大型"社会性死亡"现场……

虽然从小到大，他们这群人没少干那种惊天动地的傻事，但程肆觉得自己上高中就成熟了，而且她没想到她已经远在江夏了，她这群朋友还能跨校而来，为她大张旗鼓，摇旗呐喊……

她看着笑得跟朵花似的关若关风，以及一群憨笑的朋友，还有周围呆若木鸡的众人，不管别人是什么心理状态，反正她唯一能做的就是把戏演下去。

她是经历过大场面的人，就算尴尬得脚趾抠地，气势也不能倒。

她伸手撩了一下头发，面无表情地冲她的"皇家迎宾队"摆了摆手，一路穿过他们向前走去，随即她的迎宾队跟着她往前走了过去。

直到穿过人群，她才回头给了关风一拳："你们想尴尬死我吗？"

"哈哈哈哈。"所有人终于憋不住，大笑了起来。

大家争先恐后问她："公主，我们表现得怎么样，是不是很有面子？"

"我刚差点没憋住笑场，我看到公主脸都绿了。"

"公主，我们今天过来给你撑完场，以后在学校没人敢欺负你了吧？"

"对，没错，我们要让江夏的人明白，麓湖人不是好欺负的。"

程肆看着那些熟悉的脸，听着大家七嘴八舌的关怀，心有暖流涌动。

她本想回麓湖看关风、关若时再见他们，没想到他们倒先跑来了，肯定是上周的事闹得关风不高兴，怕她受欺负，才搞了这么一出。

"别太感动。"关风拍了拍她的头，一转脸就把他妹妹给卖了，"要谢就谢你的好姐妹关若吧，这个主意是她出的。"

关若赶紧谦虚地摆摆手："自家姐妹别客气，这都是得你真传啊！"

程肆哭笑不得。想起小时候关若被欺负时，她就是带着这么大一帮人去给她报仇的，没想到多年后，关若又"以彼之道还施彼身"。

但她又怎么会怪她，自己交的朋友，多憨都得自己承担。

反正尴尬也尴尬过了，就这样吧。

多日没见，大家也"艰辛跋涉"而来，聚餐是必不可少的。

程肆点了一下人数，在附近商场找了个餐厅订了个大包厢。

沈嚣、李卯卯、周星野还有傅遇，又被关风自来熟地一起拉上了，大家再次浩浩荡荡，朝餐厅走去，阵仗比上周末都大。

因为跟大家太久没见了，所以路上程肆陪麓湖的一批朋友一起走在前面说说笑笑叙旧，反倒是关风代她陪着沈嚣、傅遇等新同学走在后面跟着。

李卯卯还没缓过神，他开始以为这拨男生都是关风的朋友，叫来给程肆撑场子的，但现在看到程肆跟他们的熟络程度，显然都是熟人。

他指了指程肆，吃惊地问关风："我仙女霸霸难道……曾是你们麓湖的'扛把子'？"

关风笑了，下巴点了下前面的程肆，有些骄傲又有些宠溺地道："她啊？岂止在麓湖，从小到大，只要她在的地方，都是'扛把子'。"

"怪不得怪不得！"李卯卯连连点头，一副破了案般恍然大悟，"我就说为什么仙女霸霸气场如此强大！"

关风悠闲地双手插袋，看着前面跟大家开心说笑的程肆，舒了口气。想起上周他刚跟她打电话时，即便看不到她的脸，他都能感受到她浓厚的失落，现在她看起来比之前好多了。他不由自主地高兴起来，对李卯卯回道："对啊，你们别看她长得一副小仙女的样子，其实性格比男孩子野，我们从小跟别人打架，她不是发号施令，就是在前面冲锋陷阵。还真别说，你给她取的这个绰号虽然奇怪，但也有点符合，仙女爸爸，她以前确实没少把别人揍得喊爸爸。"

从小跟别人打架？走在一旁一直没吭声的傅遇听到这几个字，想到上次程肆也这样跟他说漏嘴过，又联系关风的话，他眼前仿佛还原了他们小时候的场面——一个奶凶奶凶的小女孩领着一群比她高的小男孩教训别人。

其实跟现在的场景很相似吧，程肆被一群男生众星捧月般簇拥着，看得出来，男孩们跟她关系都挺熟络，满心满眼都是对她的宠溺。

他一直觉得，程肆骨子里有种男孩子的英气，现在他明白原因了，她身边有这么多热热闹闹的男孩子跟她朝夕相处，也有关若这样肝胆相照的小姐妹跟她形影不离，这就是她的勇气和底气。

"是霸霸，霸气的霸，因为她在我们全班同学心里又仙气飘飘又霸气。"李卯卯跟关风纠正。

"哦……原来是这个霸啊。"关风豁然明了，夸赞道，"这绰号真绝了。"

沈嚣漫不经心地听着李卯卯跟关风聊天，突然插了一句话："你们一直叫她公主吗？"

"对啊。"关风点头，"从小叫到大。"

"其实这也不是绰号，就是我们刚认识她时，总听她爸爸喊她'爸爸的小公主'，我们一开始觉得好玩就学她爸爸这么喊，后来喊久了就成绰号了。"关风解释道。

到餐厅后，点菜间隙，麓湖那帮男生怨声载道地和程肆抱怨高三的辛苦。

李卯卯震惊道："你们高三了？"

"对啊。"一旁的关若指着程肆跟李卯卯说，"她要不是休学一年，现在跟我们同级啊！"

"啊？"李卯卯惊愕地看着程肆。

他刚知道程肆曾是麓湖的学生，下一刻又听到程肆差点是他学姐，惊人的信息一个接一个。

程肆接到李卯卯的眼神，伸手笑着对着麓湖男生一溜扫过说："对，他们全部都是我同学。要不是我中途休学，现在也是高三。"

"原来如此。"周星野开玩笑，"要没耽误课程，差点就真成学姐了。"

仙女霸霸是一个有故事的人啊，李卯卯心想。

沈嚣因为之前听程肆和他妈妈交谈，只有一年没在江畔公寓住，所以听到程肆说这些也并不算很意外。

关风听到周星野的话，边擦碗筷边说："如果没耽误课程，她应该十五岁高三毕业。"

"啊？"李卯卯又张大了嘴巴。

关若看到李卯卯又吃了一惊，笑了，继续解释："她以前为了跟我们同班，小学跳过两级，她其实比我们都小两岁。"

傅遇想起上次在爷爷店里说过，女生的年龄确实比他们还要小一岁。

"原来是只聪明的兔子啊。"沈嚣不紧不慢地接了一句。

"啊？"周星野听着沈嚣突然冒出一句听不懂的话，"什么意思？"

"我属兔嘛。"程肆已经先明白过来，跟周星野说。

"哟，你怎么知道的？"周星野好奇地看着沈嚣，沈嚣没理他。

"原来霸霸不但是仙女，还是学霸。"李卯卯对程肆的崇拜又加深一层。

"学霸不敢当。"程肆不在意地耸耸肩，"小时候没那么贪玩，所以学习精力比较集中，后来精力分给其他事就伤仲永了。"

坐在她对面的麓湖男生有个笑道："倒也不必谦虚啊公主，好歹您在学校漂亮女生里可是学习最好的，在学习好的女生里是最漂亮的。"

他旁边另一个男生听到这话，突然说："哎，你们有没有发现，以前天天面对面时没把公主的漂亮当回事，现在猛地一看公主从其他学校的人里走出来，真的会哇一声在内心喊一句校花啊。"

"对对，我也发现了。"其他几个人也纷纷附和。

关若对他们翻了个白眼道："这证明你们的白内障终于治好了。"

其他人哄笑了起来。

菜上桌后，大家继续边吃边聊。

"哎，公主，你还没跟我们介绍你的新同学呢。"麓湖那个话比较多的男生又开口了。

沈嚣看了他一眼，这男生像麓湖版李卯卯，特会活跃气氛的那种。

"哦哦。"程肆立刻指着身边的傅遇，介绍道："傅遇，我们学校校草，也是我们班长，帅吧？"

傅遇夹菜的筷子顿了一下，他把菜放进碗里，无奈地看了程肆一眼，跟其他人摆摆手笑道："别听她乱介绍，你们叫我傅遇就好，不是什么校草。"

"傅遇你不用谦虚。你这脸，啧啧，我们没有白内障。"关风说。

麓湖李卯卯也连连点头跟程肆说："我觉得他比蒋博文帅啊，一看就特根正苗红，我国特产的优秀少年，蒋博文这种混血王子还是没法比的。"

"蒋博文？"程肆像听到什么晦气名字一样，皱眉，"干吗跟蒋博文比，蒋博文哪里帅，整天板着一张脸，跟吃了炮仗一样。"

麓湖李卯卯笑了起来，周围几个人也跟想到什么乐事一样笑了起来："公主，虽然我们很明白你的感受，但要否认蒋博文的帅，有点昧良心啊！"

在麓湖，蒋博文对程肆有好感，众所周知。但程肆向来躲着他走。蒋博文虽是一个混血儿，但从小在国内外公外婆身边长大，听说他外公是国内知名的书法家，性格又比较严肃，所以他也养成了那种一板一眼的性格。他从入校起就看程肆不顺眼，却又特别喜欢跟她作对。按道理讲，以他那种性格，他应该喜欢特别古典传统的女生，学校里有另一个性格文静的漂亮女生喜欢他，他却总把注意力放在程肆身上。在麓湖，所有人都说蒋博文跟程肆是欢喜冤家。程肆不这么认为，她是一个挺擅长社交的人，但对蒋博文她一般都是避着走，要么就是特别反叛，蒋博文越是说她，她越跟蒋博文对着干。蒋博文虽然面上总是嫌弃她，却又不允许别人说程肆一句不好。在一些同学眼里，这要命的别扭与深情，不正是王子个性吗？但程肆不敢苟同。

"对了公主，蒋博文之前还问过我你什么时候回来。"关风插话道。

"别理他。"说着程肆继续跟麓湖那帮朋友往下介绍："沈嚣，我同桌，校霸。"

"哇！"麓湖李卯卯那群人怪声怪气拖长声音起哄。

沈嚣看了程肆一眼，他没别的标签了？

程肆以为他不满自己的介绍，想了想，修正道："清水校霸，就是那种虽然在学校里很有威望，但不爱惹事，乐于助人。"

"……"

乐于助人？沈嚣被这个词给噎到了。他轻哼了一声，对程肆似笑非笑道："你对我观察得还挺仔细？"

"谁让我是你同桌呢。"程肆权当夸奖。

李卯卯对程肆伸了伸大拇指："仙女霸霸火眼金睛。"

程肆笑看他一眼，跟麓湖的朋友继续介绍："这位是李卯卯，我前桌，不管走哪儿都是气氛组老大，什么都影响不了他搞气氛。"

说着她转头看了一眼麓湖李卯卯说："可乐，跟你一样，不知道你们俩 PK 谁能赢。"

沈嚣终于听到那个男生的名字了，可乐？他看了看眼前杯子里的可乐。

可乐冲李卯卯抱拳："既然都是气氛组的兄弟，P 什么 K 啊，我们联合起来把今天的气氛推到最高潮就行了。在下柯乐，木可柯，江湖朋友都叫我可乐，有幸相识，幸会幸会，卯卯兄。"

李卯卯也古腔古调地跟他配合："客气客气，那我也不谦让了，我们待会儿……搞起？"

"必须搞起啊！"

程肆又介绍了一下周星野，程肆看着斯文的周星野，跟大家说："这是校霸他们三人组里的另一位，看着是位斯文帅哥，不过我总觉得他有点斯文败类的感觉。"

每时每刻都喜欢优雅地推鼻梁眼镜的周星野："……"

扑哧一声，旁边沈嚣差点把口中的可乐喷出来。他不知道程肆是怎么看出来的。

周星野在学校的女生缘特别好，而且是那种各个年级都有他好妹妹的类型，表面看起来懒散斯文、洁身自好，其实特别喜欢妹妹们围着他转。

旁边李卯卯笑得惊天动地，他拍着周星野的肩膀，佩服地看着程肆："天哪，仙女霸霸，这么短的时间就看穿了他的真面目……您这洞察力，在下佩服佩服。"

"嘻。"周星野索性也不装了，冲程肆跟周围麓湖的人抬手拜了拜："客气客气，败类谈不上，斯文确实是我。"

"一听这话就确定是真败类了。"关风笑道。

一顿饭的时间，大家就互相熟了起来。

气氛组李卯卯跟可乐果然擅长活跃气氛，他俩一会儿麓湖敬江夏，一会儿江夏敬麓湖，一会儿高二敬高三，一会儿高三敬高二，来来往往不亦乐乎。

因为高三这群人晚上还要赶回去上晚自习，所以以可乐代酒，大家也喝得挺兴奋。

吃完从餐厅出来已经华灯初上，大家在餐厅门口挥挥手道别。

程肆跟关风、关若交代，别再跑来看她了，等下次周末她去看他们。

关风、关若挺高兴地点了点头，就跟可乐一行分别打了几辆车回学校了。

程肆仿佛完成了一项重大任务，伸了伸懒腰，舒了口气。

好像她回来之后，只安静了两天，后面基本都是马不停蹄的热闹生活。

忙碌和热闹会消磨掉许多不必要的思绪。

李卯卯他们准备跟沈嚣去他家玩游戏，李卯卯喊她："仙女霸霸，一起？"

程肆挥了挥手："我不太擅长，你们玩。"

"好，那我们先走了。"李卯卯跟周星野率先往前面走去。

沈嚣没动，餐厅就在他们小区楼下，他看了她一眼问："你不回家？"

"嗯。"程肆点了点头，也没说要去哪里。

"哦，好。"沈嚣愣了愣，也不好再问什么，转身走了。

最后剩下程肆跟傅遇两个人站在商场门口，程肆问傅遇："你去哪里？"

傅遇说："我去'虎口余生'。"

"啊？"程肆有些意外，"开学后你还在'虎口余生'兼职吗？"

"只有周末才去。"傅遇说。

"我刚好想去'虎口余生'喝一杯，一起。"

傅遇探究地看了她一眼，不明白她忽然心血来潮想喝一杯的原因，他觉得程肆有心事。

程肆仿佛猜到了他的想法，她说："我高兴的时候，特别喜欢喝一杯，最好喝点那种带度数的，有些微醺的感觉，然后可以好好睡一觉，我今晚想睡个好觉。"

这样说傅遇就明白了，他看得出来今天程肆挺高兴的，一直陪着那群朋友闹腾，他觉得这才是程肆最真实的一面，大多时候她就是那种爱笑爱闹的活泼小姑娘，她的冷漠和酷都只是心情不好时才会出现的保护色。

他笑了笑："走吧。"

李卯卯跟周星野讨论着游戏，沈嚣漫不经心地回了下头，看到程肆跟傅遇一起朝相反的方向走去。

程肆跟傅遇到店里时，安琥珀已经在了。

她在卡座，正和几个女生谈天说地，看到傅遇和程肆走进来，冲他们挥了挥手。傅遇朝安琥珀和几个女生点了点头，去更衣室换衣服了。程肆独自走向安琥珀。

有个女生看着傅遇离去的方向，看了好一会儿，然后扭头问程肆："小美女，你是他女朋友吗？"

"啊？"程肆一怔。

安琥珀拍了女生一下："什么乱七八糟的啊，这个是我妹妹。"然后转头跟程肆说："她开玩笑呢。"

"我刚刚看着他们一起走进来，郎才女貌呢。加上帅哥平时又完全不给加微信，我这不当然以为这个美女是他女朋友吗？"女生倒在安琥珀身上，看出来有些微微的醉意，话语间带着撒娇的腔调，"琥珀姐，你快给我介绍一个帅哥让我忘掉那个渣男。"

"行，我帮你留意着。"安琥珀安慰着女生，又对程肆道："没事，你喝什么先去点吧。"

"好。"程肆点了点头，乖巧地去吧台边了。

傅遇已经换上制服，在吧台后等待客人的点单了。

程肆是他今天的第一位客人。他问程肆："喝什么？"

程肆说："还是么么酒肆吧，不过帮我调个度数，就是喝了能微醺安睡的程度。"

傅遇看了看安琥珀方向："你跟琥珀姐说了吗？"

"她在这里你还怕什么啊！"

"行。"傅遇笑着，干净利落地开始给她调酒。

安琥珀安顿好那个女生后才走过来。她搭着程肆的肩膀坐下，看着她小口啜着酒，闻了一下："哎，这怎么还喝上有度数的了？"

程肆看她转头一副打算问责傅遇的样子，立刻拉住她，讨好地解释："我这不是学习太累，今天周末想放松一下吗？没多高度数，我刚跟傅遇说你批准了的。"

"那只能喝这一杯。"安琥珀叮嘱。

"知道啦。"

"在新学校怎么样？习惯吗？"安琥珀问她。

"你又不是不知道，我属弹簧的，我这适应能力，到哪儿不习惯？"

"那倒是。"安琥珀笑道，"你学习有什么困难的地方可以多问问小遇，他可是货真价实的学霸，次次考第一的那种。"

"啊？次次第一？"程肆知道傅遇学习好，但没想到这么好。

"你不知道啊？我看你们刚刚一起进来，还以为你们已经很熟了。"

"还行，主要这还没考试呢。不过姐，你哪儿来这么一聪明弟弟，以前没见过也没听你说过啊？"

安琥珀看了看在认真调酒的傅遇，也不藏着掖着："我倒想有这么个又聪明又帅气的弟弟，但我爸妈不争气啊，这不全得靠我在外面认吗？"

"啊？"程肆疑惑。

安琥珀笑了起来："说起来，我和小遇也算有缘。"

　　原来之前有天晚上，安琥珀来上班的路上，被两个醉鬼纠缠，是傅遇救了她。傅遇虽然看着还只是个半大的男孩，但为人正直，又细心妥帖，把安琥珀一直送到酒吧门口才走。

　　安琥珀很欣赏傅遇，也很想表示一下自己对他的谢意，便对傅遇说："以后想跟朋友喝一杯了可以来姐店里。"

　　傅遇只笑了笑，没说话。他离开酒吧时，安琥珀发现他很注意门口的招聘海报，看了好几眼。

　　安琥珀心里一动，便冲着傅遇的背影多问了一句："你在找兼职吗？"

　　傅遇扭头看向安琥珀，因为被猜中了心事而略显惊讶。他犹豫了下，点头道："我想给爷爷买生日礼物，所以最近在找兼职。但别人一听我还在读高中，就都拒绝了。"

　　安琥珀想了想，笑道："今天很感谢你救我，不如以后你叫我姐吧，弟弟给姐姐帮忙，姐姐给弟弟零花钱，这很合规矩啊，是吧？"

　　"可以吗？"傅遇眼神微闪。

　　安琥珀点头笑道："只要你愿意。"

　　就这样，傅遇开始在"虎口余生"兼职。刚开始，他只是做服务员，后来老曾看他聪明好学，就收了他当调酒师学徒。

　　"原来是这样啊。"程肆没想到，傅遇和安琥珀之间还有这么一段故事。

　　"对啊。"安琥珀笑道，"他现在快成我这里的活招牌了，有些客人特别喜欢他，专挑他在的时候过来喝酒。哎，你们学校喜欢他的小姑娘是不是也车载斗量的？"

　　程肆想了想回道："大概江夏的校风比较严吧，我没觉得有女生特别喜欢傅遇。"

安琥珀咯咯咯地笑得很不客气，她说："妹妹，是没有女生特别喜欢小遇，还是你根本没有关注别人？"

程肆不好意思地笑了："应该是后者。"

因为高兴，程肆又央求着安琥珀，让她多喝了半杯。

安琥珀本身豪爽随性，自己从小就喝酒，要不是温倾铭耳提面命，她是不会禁止小姑娘周末喝点酒的，所以她心软同意了。

程肆又在酒吧坐了一会儿，感到脸上微热、眼神有点茫然但头脑还依然清醒的时候，她知道该回家睡觉了。

程肆起身跟安琥珀告别。

安琥珀扯住她胳膊。"等下，"她又看向吧台后的傅遇，说，"小遇，来，送这个醉鬼回去。"

傅遇正在洗杯子，闻言看向程肆，然后微微一怔：酒吧昏暗的灯光下，女生的眼神软和下来，显得比平时爱笑许多。

他冲安琥珀点头道："等我擦干这两个杯子，很快。"

"不用不用，我没醉。"程肆不想又麻烦傅遇。

"那也得送你回去不是？"安琥珀说，"让你一个人走，我心得跟着你提一路。"

盛情难却，程肆只好乖乖道："好。"

第十一章

你喝酒要带保镖
也多带几个啊!

◇

傅遇洗完杯子,又换上自己的衣服后,才和程肆一起离开酒吧。

在光线明亮处,傅遇才发现,程肆双颊微红。

"晕吗?"他估不准程肆的酒量。

"这点酒……"程肆嗤笑,往前走几步回头跟傅遇说,"你看着,我给你直线走几步让你明白我晕不晕。"说完,她沿着地砖缝形成的直线,轻盈地走了一段猫步,然后一个优雅转身:"怎么样,是不是特别标准?"

傅遇含笑点头:"酒量没有传说中那么差,不过下次可以再调低点度数。"

"不用。"程肆再次走得笔直以证明,"这个度数刚刚好。"

"好,好,你正常走路。"傅遇安抚她。

程肆笑眯眯的，双手背在身后，看着傅遇。她边倒退边问："喂，不负相遇，你——有没有女朋友？"

不知道是不是酒精的作用，女生的眼睛像蒙上了一层薄薄的雾气，水盈盈的。

傅遇微怔，接着他听到自己的心跳声，一下比一下强烈。

对傅遇而言，这是个无聊的问题。但因为是程肆问的，这"无聊"便变成了"特别"。

程肆没有等到答案，而男生沉默的样子让她不由得睁大了眼睛，小心翼翼地问："这个问题，是你的隐私吗？"

"不是。"傅遇回过神，垂眸看着她，柔声道，"为什么问这个问题？"

"之前卡座里的一个姐姐以为我是你女朋友，我当然不是呀。我刚突然想起她的问题，所以好奇问问。"程肆说。

"没有。"傅遇的心跳恢复到了正常速度。

"那学校里喜欢你的女生车载斗量吗？这是琥珀姐问的。"程肆撇清道。

傅遇失笑道："当然没有。"

"那有多少？"程肆不依不饶。

傅遇算是知道了，小姑娘喝点酒，不晕，就是有些像话痨。

"没有。"傅遇耐心道。

"那不能吧？一个都没有？过度谦虚就是虚伪了。"程肆不满地指责他。

"喜欢你的人有多少？车载斗量吗？"傅遇把问题丢回给她。

程肆倒一点都不谦虚，眉飞色舞地开始连说带比画："岂止车载斗量，喜欢我的人那叫一个恒河沙数。从小到大，下至孩童，上到老翁，人见人爱，花见花开。"

"嗯嗯。"傅遇看着程肆，忍俊不禁地点头。他相信喜欢程肆的人有很多，但她王婆卖瓜般吹嘘自己如何受人喜爱的样子，这场面有点好笑。

程肆却以为傅遇是在敷衍她。她扬起下巴瞪他："怎么？你不信？"

"没有，我信，深信不疑。"傅遇一脸真诚。他顿了顿，又道："那些恒河沙数般喜欢你的人里，有人是你的男朋友吗？"

程肆眨了眨发亮的眼睛："差点有。"

傅遇眼皮一跳："什么意思？"

"本来想早恋反叛一下，但还没找到对象，对早恋的渴望就被扼杀在摇篮里了。"程肆刚刚兴奋的情绪，慢慢低落了下来。她低下头，路边不知道谁喝完的易拉罐静静地立在那里，她把它当球一样，抬脚踢着它走了几步，低声说："谈恋爱、结婚，有什么意义呢？爱情像鲜花，开的时候独占枝头，鲜艳美好，可总有枯萎的一天。我不愿看到爱的枯萎，我也不愿为爱伤神，所以不如就一个人，永远高高兴兴的。"

程肆想起了妈妈。

在每个小孩心里，父母的爱情就是自己关于爱情的最初想象。而爸爸的背叛，摧毁了她对爱情的憧憬，同时她还为妈妈感觉不值，感到心痛。

傅遇想起上次送她回家——那时他们还不熟——她说的那句"我爸妈曾经也很相爱"。是这个原因吧，他猜测。

他望着突然失落的小姑娘，轻声安慰道："也有幸福美满的爱情。"

程肆不想和傅遇谈论这个问题，她踢了几下易拉罐。说好今天要开心的，她得把这些烦心事甩在脑后。

程肆指着易拉罐，抬眼对傅遇笑盈盈地说："我们比比谁踢得直，踢得远？"

傅遇："……"

太幼稚了。

他的直觉想要拒绝，可不知道怎么，话到了嘴边，却变成了："好啊。"

打完游戏，沈嚣懒洋洋地送李卯卯跟周星野下楼。

李卯卯受宠若惊："嚣宝，不用这么客气，打个游戏哪敢劳您接送啊？"

沈嚣懒得理他："少废话，我下去买饮料。"

走出小区，李卯卯跟周星野笑嘻嘻地跟他告别，他拐进门口便利店，挑了不同种类的饮料。

刚提着袋子走出便利店，他听到一阵熟悉的笑声，女生笑喊："看湘城队神射手最后一脚。"

红色的易拉罐在空中画出一道美丽的抛物线，落地后又丁零当啷地蹦了好几下，最后滚到沈嚣脚边才停下。

"哎，同桌，好巧呀。"程肆扬着笑脸跑过来，捡起易拉罐丢进一旁的垃圾桶。

沈嚣提着袋子，站在原地没动。

傅遇也走了上来，两人双双站在他面前。

程肆刚刚跑跳，夏夜的闷热，让她额头有些汗涔涔的。她喝了点酒，又一路跟傅遇在比赛踢易拉罐，整个人雀跃得像只"电力超足"的小兔子。

她看着沈嚣提的袋子，也不客气："好渴，有没有买喝的？"

沈嚣走近一些，把袋子撑开举在她跟傅遇面前，示意他们两个自己挑。

　　因为离得近，他闻到女生身上有股淡淡的酒味。他看着程肆跟傅遇，不可思议问道："你们去喝酒了？"

　　"嗯。"程肆捞了瓶柚子茶，边喝边无辜地点了点头，喝完抹了下嘴，及时澄清了一下："是我喝酒了，傅遇没喝。"

　　傅遇也拿了瓶茉莉花茶，慢悠悠地喝着。

　　沈嚣听完程肆的话，更觉得不可思议。他眼神复杂地转向傅遇："你没喝？你看着她喝？"

　　"嗯。"

　　…………

　　我不但看着她喝，她那杯酒还是我调的。

　　傅遇诚实地点了点头，发现沈嚣一脸责备的表情，跟他傅遇做了什么十恶不赦的事一样。

　　"我没醉！"程肆率先开口，她不知道怎么跟沈嚣解释，傅遇只是受命于安琥珀送她回家而已，所以她只好先转头跟傅遇挥手："谢谢你送我回来，不负相遇，再见。"

　　"再见……"傅遇摆了摆手，跟沈嚣指了指相反的方向："那我先回去了？小区里就交给你了。"

　　沈嚣转身跟上程肆，冲傅遇无奈地摆了摆手。

　　不知道一向稳重的班长，怎么会突然带着程肆去喝酒。

　　进了小区后，沈嚣几步跟上程肆，不放心地问道："你真没醉？"

　　程肆第一次觉得她同桌好啰唆，她揉了揉太阳穴："嚣嚣，我真没醉，我只是喝了一点鸡尾酒，我真的很清醒。"

　　沈嚣这才放下心来，然后他问她："你为什么喝酒？"

　　"高兴呗。"程肆说着，突然哼着歌，并伴随着歌声旁若无人地跳起舞走着。

沈嚣："……"

好，他同桌没醉，但他觉得他同桌多少有点不太清醒。因为清醒的时候，应该不会这么边走边跳。

想了想，他掏出手机，默默地录了下来。

走进电梯时，程肆稍微安静了下来。

电梯里的灯是白光，所以女生脸上的红晕一览无余。

沈嚣有些郁闷，但明明他们是一起吃的饭，为什么她叫傅遇一起去喝酒，而没叫他。而且傅遇没喝，她却喝成这样，高兴？他百思不得其解。

但他还是没忍住说了句："你说你一个女孩子晚上喝什么酒啊！"

程肆差点以为自己穿越了，在麓湖时，蒋博文就喜欢用这种老气横秋的语气训斥她，动不动就是"你一个女孩子怎么样怎么样"的，所以程肆特别讨厌蒋博文。这一刻她以为沈嚣被蒋博文附身了，不耐烦地呛声："我一个女孩子晚上不能喝酒？怎么？男孩子就可以？"

沈嚣没有察觉到程肆的不满，仍像个老父亲一样语重心长地说道："女孩子晚上喝酒多危险，你喝酒要带保镖也多带几个啊，你只带傅遇一个哪儿够，下次喝酒也带上我好了。"

啊？程肆腰都又好了，本想和沈嚣好好理论一番，谁知他来这么一句，把她直接逗乐了。

那一刻她心里只有一条弹幕来回飘过：我八百米的大刀差点没收住。

程肆故作推辞道："那不太好吧？我哪儿敢让校霸当保镖啊？"

沈嚣没有接话。他沉默地戳了一下电梯的按钮，把自己楼层的按钮摁灭。

校草可以，校霸就不可以？

程肆倚着电梯，瞥到沈嚣收紧的下颌线，意识到有些驳校霸的面子，校霸肯定不高兴。她挠挠头，找补道："不过看在校霸这么给面子的分上，下次一定叫上你。"

正说着话，程肆住的楼层到了。

她走出电梯，刚想转身和沈嚣说再见，却发现他跟着自己也走了出来。

程肆迷茫地看着沈嚣。校霸"迷楼"了吗？

沈嚣不紧不慢道："送佛送到西，我亲眼看你进去，再从楼梯上去。"

程肆笑了，她觉得她同桌确实如他妈妈所说，还挺像暖男的。

程肆转头，正准备指纹解锁，面前的门突然开了。

温倾铭的手还握在门把手上，微微侧身，看着门口已经凝固的两个人。

安琥珀给他发了微信，告知了程肆喝酒的事。他刚想下楼等程肆，结果一开门就看到她，以及楼上的学霸。

"舅舅。"不知为什么，程肆有种闯祸被抓到的感觉，虽然她今天一整天都挺乖的。

沈嚣站在她身旁，也跟着脱口而出："舅舅？"

温倾铭："嗯？"

沈嚣听说过住在他家楼下的温倾铭，也在电梯里遇见过几次。每次偶遇，温倾铭都西装革履，一看就是精英人士。只是沈嚣万万没想到，他竟是程肆的舅舅。

温倾铭意味深长地看着初见面就叫他舅舅的沈嚣，心里瞬间演完了一场早恋大戏。

沈嚣被他看得心里发毛，也反应过来，自己刚才那句反问似乎像跟着程肆在喊人。一向酷酷的校霸立刻结巴着解释道："程肆舅……哦，叔叔，你……你好。我是程肆的同桌，刚才在楼下偶遇程肆。她好像喝了点酒，所以我就陪她一起上来。嗯，现在没我事了，我回家了。"

"哦，好，好，谢谢你啊小同桌。"温倾铭谢道。

"不客气，我回去了。"沈嚣迅速闪入一旁的楼梯间离去。

温倾铭又看了一眼沈嚣的背影，问程肆："他是你同桌？"

"嗯。"程肆打开门，进了自己家。

温倾铭跟在她身后："他人怎么样？"

"挺好的，挺爱帮助人的。"

"看起来可不像。"温倾铭说。

"校霸的面具嘛。"程肆喝了口水，把剩余半瓶丢在餐桌上。

"校霸？"温倾铭瞪大眼睛。

"嗯，不过人其实挺好，挺讲道理的，我们班主任还让他当纪律委员了。"程肆走进洗手间，开始洗脸。

"看来你对你这个同桌印象挺不错？"温倾铭观察着程肆的表情，她已经没有再提过想回麓湖的话了，而且，现在她的状态比之前又舒展了一些、自在了一些，他看得出来，她刚刚和沈嚣在一起时，跟她和之前那群朋友相处时一样，挺自然舒服的。

"嗯，我这不是初来乍到吗，他在学校挺照顾我的。"程肆不能跟她舅舅说沈嚣还帮她解围被带到派出所的事，所以就简化了一下。不过她又突然想起之前她让沈嚣帮郁树的事，沈嚣到现在也没跟她说要开什么条件，改天她得问问。

"那就好。"温倾铭放下心来。

"行，那你早点睡啊，可以去你琥珀姐那里喝酒，但次数不能太频繁。"温倾铭又交代道。

"我知道了舅舅。"程肆乖巧道。

温倾铭放心地关上了门，回自己那边去了。

第二天是周末，但沈嚣还是早早起了床。他站在窗边伸懒腰的时候想起程肆，不知道她起床没。

上周末她起得挺早，这个点已经出去玩滑板了，然后摔了一腿的伤回来。

不知道她今天有没有又去玩滑板？

手机在手里转了个圈，沈嚣突然发现：他没她同桌的联系方式。他又打开班级群看了一下，五花八门的微信名，头像也是千奇百怪的，他也很难确定哪个微信号才是程肆。

算了，反正他也没有很想联系他同桌……

沈嚣把手机丢在旁边。看到架子上的篮球，他停顿了一下，挑了下眉，然后伸手拿过篮球，在房间里开始练习运球。

程肆刷牙的时候，听到咚咚咚的响声没在意，刷完牙走出来站在客厅后，咚咚咚的响声清晰起来，一下一下，像敲在她的头盖骨上一样。

这大早上的，哪个缺心眼的在家里拍球？她突然有些怀疑，不会是她同桌那个缺心眼吧？

沈嚣住楼上，但是她不知道沈嚣住哪户，是她舅舅那边，还是她这边。

她打开手机想问问沈嚣，才突然发现，她根本就没沈嚣的微信，也没 QQ……

也没傅遇的……也没李卯卯、周星野的……

说起来她来江夏这么久了，也以为跟这几个人算熟络了，现在突然发现，好像还没熟到一定程度？

怪不得她觉得每天的校园生活还挺安静的。以前她在麓湖时，班级群、闺密群、兄弟群、玩乐群，还有购物群什么的，反正一拨人动不动就拉个群，天天热闹纷呈的，那时她还嫌吵，屏蔽掉了一些，但现在，在江夏，她竟然连班级群都没有……

一瞬间，程肆有种不知道是失败还是孤独的感觉，竟有些不爽。

程肆决定亲自上楼看看，到底是哪个缺心眼大清早制造噪声。

她顺着楼梯拐到楼上，按了自家上边那户的门铃。

沈嚣听到门铃时，扬起了唇角，这么早不会有人来他家的，保姆阿姨可以指纹解锁，不会按门铃，他爸妈昨天晚上打电话说在别墅那边住，所以，大概——可能——应该就是被他打扰的楼下邻居了吧？

他简直是弹跳着过去开门的。

程肆看到沈嚣后，抱着胳膊冷哼道："果然是你。"

"啊？"沈嚣装得格外无辜。

"你刚刚是不是在家里拍篮球？"程肆翻了个白眼，"我家天花板上的石膏都要被你震掉了！"

"啊！不好意思啊同桌！"沈嚣露出抱歉的表情，手里却还转着篮球，"我刚刚一时手痒，扰了你清梦？"

"那倒没有，我已经起了，就是挺吵。"程肆说。

"你吃早饭了没？"沈嚣问，"你要没吃，请你吃个早饭赔罪？楼下有家早餐店很好吃。"

"也行。"程肆回来后一直都在家里吃早餐，也想换换口味。她说："你等我下，我洗漱完换个衣服，十分钟后，你下楼叫我。"

"好。"沈嚣看着程肆下楼的背影，开始憋不住地笑。

他看过程肆又飒爽又酷的样子，也见过她漂亮明媚的样子，但他没见过她像今天这般，穿着宽松的唐老鸭家居服，脚蹬一双唐老鸭拖鞋，扎着两条睡得毛茸茸的麻花辫，像一个小女孩一般。

刚才她站在他家门口，一副来找噪声制造者兴师问罪的气势，可造型太像"邻家小妹"了，气势打折，可爱加倍。

程肆带着手机跟沈嚣一起出门时，问他："你有班级群吗？"

"有。"沈嚣明明前一刻才在班级群里瞎找过程肆，这一刻就开始演戏，他拿出手机，给她看了一眼，"你看，有的。"

然后他故作吃惊地问她："你没有吗？"

程肆："没来得及加。"嗯，气势上不能输。

沈嚣把二维码打开举到她面前，一本正经道："那你加我，我把你拉进群里。"

程肆打开微信扫了一下，看到沈嚣的微信名——霸道总裁。

霸道总裁？

她觉得沈嚣真是时不时都要给她一些意外惊喜，她绞尽脑汁都没料到沈嚣的微信名这般……浮夸。

她抬头默默地看了沈嚣一眼："你还有这爱好？"

"什么？"

"你是不是很喜欢看言情小说？'霸道总裁爱上我'那种？"

沈嚣轻咳了一声，他本来改这个网名嘲讽他霸道总裁爹的，就一直用着了，虽然"中二"吧，但也没人嘲笑他。李卯卯跟周星野之前看到他这个名字，还对他竖了竖大拇指以示崇拜。但现在他看程肆笑得意味深长，他想了想，面不改色地问道："怎么？比肆公主更浮夸一些吗？"

程肆："……"

沈嚣微笑着点回微信，看到"新的朋友"一栏里出现一个极可爱的丸子头头像和一个极可爱的名字——杧果小丸子。

沈嚣："……"

这有比自己的网名好到哪里去吗？

不知道他们班同学看到她的名字，会不会有一种辣妹卖萌的感觉。

沈嚣把她添加上又说："班级 QQ 群你也要加吧？你再加下我 QQ。"

程肆又加了沈嚣 QQ，他俩倒都专一，微信名和 QQ 名都用的是一样的，沈嚣很快把她拖到了两个群里。

大清早就有发奋的人开始在群里讨论作业，所以，沈嚣邀请程肆加入时，发奋的那几位都看到了——"霸道总裁"邀请"杧果小丸子"进入此群。

虽然大家没在群里跟沈嚣说过话，但校霸光芒闪人眼，基本班上每个人都知道那个叫霸道总裁的人是沈嚣。

序薇就是大清早讨论作业的其中一员，她看到沈嚣拉了一个女生进来。

虽然她看到那个可爱的名字颇不符合程肆平时的风格，但沈大佬唯一能拉的女生还能有谁？

她立刻兴奋地 @ 霸道总裁问："纪律委员，你拉的人是仙女吧？是吧是吧？"

因为李卯卯一直叫程肆"仙女霸霸"，所以序薇她们平时直接喊程肆"仙女"了。

"嗯。"沈嚣回了一个字。

沈嚣带程肆去的早餐店就在傅遇爷爷的书店附近，距离不过一百米。

程肆正准备进早餐店，身后忽然有人拍了一下她的肩，她回过头，看到穿了一身白运动装的傅遇，头上还戴了一个白色运动发带，整个人显得格外英姿飒爽。

"咦？"程肆有些惊喜地看着他，"你又去跑步了？"

上周末遇到，她就知道傅遇有每天早上跑步的习惯。

"嗯。"傅遇点头，"你们起得也挺早啊。"

沈嚣前脚已经踏进店里了，看到傅遇又倒了回来。

班长大人一大早就跑步健身，那他沈嚣体育课跑输傅遇一秒，好像也不丢人吧？毕竟当傅遇在努力奔跑的时候，他还在床上睡大觉呢。

沈嚣问傅遇："你吃了吗？一起？"

傅遇指了指书店："我先去书店洗把脸再来，都是汗。"

"傅爷爷这么早就开门了？"程肆看了下手表，才刚七点。

"对，爷爷起得早。"说着傅遇往前跑了几步，回头冲他们喊，"你们先点啊，我马上过来。"

清晨初升的太阳有一种别样的温柔，在老旧的巷子里倾斜着投下自己的光束。白衣少年在斑斓的光影里回首微笑，他的每一个表情、每一个动作，突然都像被刻意调慢了速度，在程肆的眼底一帧一帧播放。

真美好啊。

阳光，巷子，还有……傅遇。

"你吃什么？"沈嚣的声音，将程肆拉回现实。

她许久没在外面吃早餐了，只是看着菜单上的图片就胃口大开，感觉哪个都很好吃。

她问沈嚣："你更想吃藕饺还是糖饺？你想不想吃兰花干或辣萝卜皮？水晶蒸饺和小笼包吃哪个？葱油粑粑和麻球你要吗？"

"……"沈嚣沉默了一下，问道："这些是不是都是你想吃的？"

"嗯。"程肆不好意思地点点头，"但如果都点了，我肯定吃不完……"

沈嚣算听明白他同桌的言下之意了，他大方地说："你想吃什么就点吧，我早餐吃得多，再说不是还有傅遇吗？"

"好的哥哥。"程肆立刻眉开眼笑。以前她有事求关风时，就会加上这句哥哥，所以一时没刹住车。

她叫"哥哥"两个字时，语调轻轻上扬，有种莫名的娇俏。

女生的笑容刹那间绽放，灿若桃李。

沈嚣眉心一跳，没吭声，却有些受用。

程肆本来想跟沈嚣解释一下，但看他一副不动声色被叫惯了的样子，也就略过了，免得多此一举。

傅遇在来的路上，看了班级群里的消息。

他坐下点完米粉，跟程肆先道了个歉："对不起啊。"

"嗯？"程肆想不出傅遇有什么对不住她的地方。

"我忘拉你进班级群了，失误失误。"

"啊——"程肆这才反应过来，她摸出手机，"没事，沈嚣拉我了。"

她之前加完沈嚣就没看手机了，加上她手机静音，完全忘了这个事，当她再点开手机，她发现群消息已经多了一百多条了。

"大家都起得这么早吗？"她发出了一句疑问。

傅遇点头："毕竟这作息时间都是被训练出来的，周末想睡懒觉也会被家长揪起来。"

程肆点开微信和QQ，一长串好友申请的消息。

她在班上总共就没认识多少人，但想到她的副班长职位可是以最高票数选出来的，她也就了然了。

她手忙脚乱地通过了所有的好友申请，接着又开始被一堆打招呼的消息轰炸。

面对大家的热情，程肆有些应接不暇。

傅遇一看女生在不断打字，就猜到了应该是太多人添加。

他笑着摇了摇头，他跟沈嚣的米粉都已经上来了，他看女生："你没点啊？"

程肆不好意思地指了指桌子上的小吃，吐了吐舌头："我点的小吃太多，怕吃不完。"

说完她看了傅遇碗里的米粉一眼："他家的牛肉米粉看起来很好吃的样子，下次我再来试试。"

傅遇从容不迫地拿起她面前的小碗说："分你一些吧？"

"啊？"程肆有些吃惊。

傅遇笑道："这样就不必等到下次了。"

沈嚣看了看傅遇的动作，顿了一下，也拿起面前的小碗，给程肆分了一些自己的排骨米粉。

程肆看到两人推到她面前的小碗，发现男孩子细心起来，其实也不逊于女孩子。

她高兴地点点头："谢谢你们啦！"

吃饭的时候，程肆问傅遇："附近有篮球场吗？"

"旁边过个桥就有。"

程肆转头看沈嚣，沈嚣装得不明所以："你要去打篮球？"

程肆磨牙："我是在给你指球场方向，你再在楼上拍球我把你头拧掉。"

"把我……头拧掉？"沈嚣抬了抬眉，看着程肆，缓慢地重复了一遍她说的最后几个字。

他还是第一次听到有人敢这么威胁他，新鲜了。

程肆的筷子停顿了一下，突然意识到刚刚那句话有多嚣张，她这不是在太岁头上动土吗？不过她总觉得沈嚣没有传言中那般可怕。

程肆边笑边继续挑衅道："怎么？我一个人拧不下来？"说完这话，她朝傅遇身边挪了挪，扬着下巴说："那我拉上不负相遇一起总可以吧？"

傅遇歪头看了一眼程肆又尿又嚣张的样子，配合地举起手，对沈嚣说："配合出战。"

沈嚣冷笑，语气傲得能上天："我们校霸都是一打三，你们人太少不够资格让校霸出手。"

程肆和傅遇："……"

听听这校霸多欠揍。

程肆想吃的小吃太多，点了有一桌。

但以她的实力，她每种都尝一尝就饱了。

这可苦了傅遇和沈嚣。

本着不浪费食物的精神，最后三人吃到扶着墙才能走出早餐店。

程肆声音微弱："我中午都不想吃饭了。"

傅遇也是第一次吃早餐吃到胃胀，但仍好脾气地说："多走动一下消消食。"

沈嚣买完单出来，想起是他夸下海口，让她随便点，他只能对他同桌称赞一句："公主殿下真是好胃口。"

程肆干笑一声，说："下次别让我点单，每次点单我都控制不住自己。"

要是关风、关若在的话，早理智地制止她了，兄妹俩太了解她这个毛病了。

沈嚣点了点头："吃一堑才会长一智。"

"……"

程肆选择无视沈嚚的嘲讽，她转头问傅遇："傅爷爷店里有什么需要帮忙的吗？"

傅遇明白她的意思："你打算干点苦力来消食？"

程肆点头："聪明。"

"我本来吃完早饭准备去帮爷爷进一批书，你们要去吗？"傅遇问道。

"进书？"程肆兴奋，"是去图书批发市场吗？"

"嗯。"傅遇点头。

"哇，我还没去过呢。要去要去。"说完她扭头看沈嚚，不知道这位校霸的意思。

沈嚚很干脆，把手机塞进口袋说："走啊。"

看到沈嚚和程肆，傅爷爷很是高兴。

虽然傅遇自小品学兼优，就连家里出事后也没让谁操过心，但他做爷爷的看得出，傅遇变得比小时候孤僻很多，像把自己关在了一间小小的房子里，似乎在刻意减少和外界的来往。

所以现在，爷爷看到他身边出现新朋友，眼里满是欣慰。

傅爷爷带他们到后院取车，边走边叮嘱："路上小心点，慢点开。"

"嗯，放心吧爷爷。"傅遇说。

"哇，我们要开车去吗？"程肆一路都很兴奋，刚在考虑怎么去进书，现在一听还要开车，好期待进货车是什么样的。

"嗯。"傅遇点头，"不过车有点挤，你们别介意。"

"没事。"傅爷爷说，"反正这次也不会进很多货。你们够坐够放就行。"

到了后院，程肆终于看到了进货车——一辆小巧可爱的像金龟子似的老年代步电动车。

沈嚣怀疑地看着这车："我们三个坐上去不会爆胎吧？"

傅爷爷笑呵呵道："放心吧，再加三个也不会爆胎，只不过那就坐不下啰，现在刚刚好。"

程肆已经按捺不住了，她还没开过这种电动车呢。

她跃跃欲试地问："我可以开开试试吗？"

傅爷爷、傅遇、沈嚣都转头看她……

傅遇："你会？"

沈嚣："我命很贵重。"

傅爷爷："小阿肆很厉害嘛。"

傅遇把车开了出去，早上门口还没有什么人，他下车换给一旁开心得已经快蹦起来的程肆："你试试？"

傅爷爷也站在门口看热闹，程肆轻巧地跳进了驾驶位，傅遇顺手打开副驾驶门看沈嚣："你先上车还是待会儿再上？"

程肆回头看沈嚣，在车里喊："命贵的公子不如等我试个车？"

沈嚣隔着车窗看着兴致盎然的程肆，很难相信她的技术，但手还是不听话地打开后门，然后整个人上去了。傅遇教程肆操作的时候，沈嚣打量了一下这车，嗯，虽然外观小巧，但坐进去后发现，还是有点空间的。

就是不知道这位司机靠不靠谱了。

他俯身向前，从两个座位中看到程肆扭动开关。

他还没来得及问"你到底行不行"，车抖动了两下已经迫不及待冲了出去，沈嚣毫无预料地往后倒了一下，听到程肆抱歉地说："哎呀，不好意思，没控制好力度，有点猛了。"

　　说着她又踩了一下刹车。虽然沈嚣双手撑着椅背，但还是被带得往前一倾。他觉得自己刚吃完的早饭仿佛正在他胃里"蹦迪"。

　　沈嚣："程肆，你玩碰碰车呢？"

　　"嘿嘿。"程肆笑了笑，信心满满道，"别担心，稳了稳了。"

　　她说完后，车就真的开始保持匀速行驶。

　　"咦？你很不错呢，手很稳啊。"旁边的傅遇毫不吝啬地夸奖道。

　　"那当然，这多简单啊。"程肆得意地在这条路上开了一圈，最后绕回到傅爷爷店门前，跳下来把车还给了傅遇："过完瘾了，开心，你来开吧。"

　　傅遇问："怎么不开了？你开得挺稳的。"

　　程肆谦虚道："那还是你稳，车上有'公子命贵'，还是交到你手上他比较放心吧。"

　　傅爷爷赞许地看着程肆，满眼欢喜：这小姑娘，聪明大胆又懂轻重。

　　"爷爷我们走啦，再见。"程肆上车前跟傅爷爷挥手。

　　"好，去吧去吧。"傅爷爷高兴地跟她挥手。

第十二章

姐姐，这两个哥哥真的
都没女朋友吗？

◇

三个人驾驶着小巧的"金龟子"到了批发市场。

程肆是第一次来湘城的图书批发市场。

说是市场，其实是一栋有点年头的大楼，共有六层，每层都有近百个门面。虽然每家店侧重的书籍种类略有不同，但门口无一例外地都摆满了花花绿绿的样书和新书。

傅遇边走边跟他们介绍："这里不仅有书，还有文具、玩偶之类的。我们学校门口那些礼品店，有不少也从这里进货。"

"啊？"程肆惊讶，"种类这么丰富？"

"嗯。我们先到处转转吧，最后走的时候再提货。"傅遇看到程肆东看看西瞧瞧、稀奇得不得了的样子，提议道。

"好啊！"程肆就喜欢逛这些热闹的地方。

　　市场里人来人往，虽然每家都卖书，大多也都是相同的，但程肆很有耐心，挨家挨户逛了起来。

　　沈嚣和傅遇跟着她，跟两保镖似的。

　　三个人恰好都穿了白色衣服，长得又出众，每走进一家店，有的老板虽然很忙，但也会抽空打量一下三个人，青春美好的男生女生。

　　周末的书市，也有许多学生来逛。

　　三个人在一家书店安静闲逛时，有几个小女生一直在偷看沈嚣和傅遇，不时窃窃私语，还互相笑着推搡。

　　程肆很难不注意到她们，因为这群穿着初中校服的女生，已经跟着他们"逛"了好几家店了。只是她不确定，她们看的到底是沈嚣还是傅遇。

　　但很快，有一个女生在朋友的怂恿下，不好意思却又勇敢地冲上前，跑到沈嚣身边小声地问："哥哥，能不能加个QQ？"

　　沈嚣正在看书架上的书，傅遇站在他左边，女生站在他右边。

　　然而，女生说完这句话，沈嚣一个跨步跨到了傅遇左边，傅遇转过头疑惑地看沈嚣："你干吗？"

　　沈嚣用下巴指了指女生，面无表情："她问你话。"

　　对面目睹了一切的程肆："……"

　　傅遇："……"

　　女生没有料到沈嚣会有这种操作，但初生牛犊不怕虎，她也没在怕的。女生从傅遇背后探出头，瞪大了眼睛看着沈嚣，不屈不挠地提醒道："哥哥，我在问你。"

　　"为什么不要他的？他比我帅。"沈嚣指了指傅遇。

　　虽然之前学校贴吧评比校草，沈嚣听说自己位居第二，对第一名的傅遇非常不屑。但是这种时刻，他觉得还是屈居第二比较好。

傅遇："……"

没见过这样的。

女生指了指程肆的方向，一脸了然的样子："这个哥哥不是有女朋友吗？"

程肆："……"

傅遇："……"

沈嚣："……"

沈嚣无语，他们三个明明是走在一起的，怎么女生偏偏就认为程肆跟傅遇是一对？

已经被卷入是非的程肆连连摆手跟女生说："妹妹，不是不是，你误会了，我们都是同学，我们没有谈恋爱。"

程肆说完突然有些忍俊不禁，这是什么情况，她一个高中生要给一个初中生解释他们没谈恋爱。

"你不是哥哥的女朋友吗？"女生问。

"不是不是。"

"那他们两个是一对吗？"女生认真地问。

啊？程肆目瞪口呆，眼睛在傅遇跟沈嚣之间打转。

"什么乱七八糟的？"沈嚣无语了，他看着女生，"小妹妹，多把心思放在学习上。"

话都说开了，女生没了开始时的拘谨。她自信满满地说："哥哥，我学习很好的，你告诉我你是什么学校的，为了你，我以后一定考到你学校里。"

沈嚣："……"

"哈哈哈……"旁边程肆终于忍不住"先笑为敬"了。

程肆不笑时有种冷冷的气质，好似不易接近，但她一笑，整个人都柔和亲切起来。女生见状，立刻机灵地换了问话对象。她问程肆："姐姐，这两个哥哥真的都没女朋友吗？"

程肆点了点头鼓励："嗯，也不是一对。"

她话音刚落地，女生回头挥手招呼她那几个同伴："章灵灵，你们快来，这个帅哥也是单身，这个姐姐不是他们的女朋友，他们也不是一对。"

傅遇："……"

沈嚣："……"

程肆："……"

终于摆脱了那群小姑娘，走了半天换到其他店时，程肆还忍不住笑。

沈嚣没好气："你卖我们两个倒卖得挺顺手？"

程肆装无辜："没办法，我这个人说不了谎嘛。"

傅遇看着程肆明明幸灾乐祸的脸，无奈地摇了摇头。

"不过还是傅遇有办法。"程肆转头给傅遇戴了一个高帽子。

说到这个沈嚣转头揶揄："第一次近距离目睹，原来校草都是这样拒绝人的。"

傅遇叹了口气："还不是被你们逼的？"

几个女生围上前跟傅遇要联系方式时，他们把人家小小的店都挤满了。

书店老板恰好那时没其他顾客，兴致勃勃地跟看电视剧一样看他们，想看看这个帅哥怎么说。

傅遇看着几个女生亮亮的眼神，挺温柔地说："多把心思用在学习上，如果你们学习成绩都很厉害，那未来我们可以清华见。"

几个小女孩瞠目结舌，大家分别转头看向那个首先冲上来，宣称学习很好的小女孩，她应该是她们中学习最好的，小女孩也显然没料到：

"哥哥这么帅，学习还这么好吗？"

沈嚣扑哧一声笑了，他咳了咳，望着她们几个说："对，小妹妹，哥哥不喜欢聊 QQ，哥哥只喜欢学习。"

那个喜欢傅遇的叫章灵灵的女孩瞬间泄气了："那我不配喜欢哥哥。"

其他几个小女孩也一脸为难的样子。

又是那个喜欢沈嚣的小女孩开口，展现了永不放弃的精神："哥哥，我加你 QQ，平时不懂的问题问你好不好？"

沈嚣一本正经道："学霸要有独立学习的思维。"

说完，沈嚣推了一下傅遇，暗示他快走。

程肆跟着他俩逃也似的出了书店。

"原来你的目标是考清华啊。"程肆问傅遇，想起之前安琥珀说傅遇常年第一，也只有他能这样拒绝别人。

傅遇点了点头，问程肆："你呢？"

"我还没想好，这么令人头疼的问题还是留到高三吧。"程肆没心没肺道。

因为前面书店都逛得很细致，后面都大同小异了。

所以三个人逛完一层，又去二层逛礼品店了。

程肆发现了这个规律，所以第二层直接挑了几家大的礼品店进去逛。

逛礼品店对傅遇跟沈嚣而言就有点痛苦了，两人都没陪女生逛过街，开天辟地第一次。他俩除了当保镖，完全成了程肆的道具，程肆看到什么好笑的好玩的，就连那种捏起来耳朵会左一跳右一跳的卡通帽子都想让他俩试试，而且还附带给他俩当摄影师。他们两个第一次有了难兄难弟的惺惺相惜感。

但在程肆的威逼利诱下，两人虽然无语，还是配合程肆一起戴上了卡通帽子，程肆拍了合照才算放过他们。

程肆看着照片上的两个人，傅遇故作笑脸，沈嚣直接一脸木然，她笑他们："你们怎么回事，没有跟朋友合过影吗，怎么可以这么僵？"

"没有。"对于这个问题，两个人异口同声道。

"啊？"对常常跟关风、关若和那群朋友一起出去玩一起合影的程肆来说，这简直是天方夜谭。她问："那你们手机相机都用来干吗？"

沈嚣打开手机，举到她面前，然后程肆发现，沈嚣手机里的照片寥寥无几。简直像一个老年机。

傅遇也打开手机。傅遇手机里的照片多，有巷子、花朵、流浪猫、路人、街道、日出日落、书店、爷爷，还有许多更正过的习题，就是没有自己。

程肆无语地点开手机，举到他们面前。他们看到程肆手机里，相册光分类就有不少——风景、朋友、同学、亲人、饭、资料、表情包、美图、美衣、车、宠物……

沈嚣目瞪口呆："这么丰富？"

程肆指了指自己，不要脸地夸赞："我——一个热爱生活的女同学。"

三个人在二楼逛完，又去了三楼，三楼相对有点无聊。

都是工具和数码类实用产品，倒是有一家气质挺有上世纪末风格的唱片店。在所有店子都格外朴素的情况下，这个店仍旧有种复古的时髦和花哨，外面门口贴满了各个年代各种国家的歌手海报。

三人随意地逛了一下数码店后，不约而同地拐进了唱片店。

程肆本着现在居然还有人听唱片的想法进去看的。傅遇显然很喜欢唱片店，一走进去就走向了欧美民谣专区，沈嚣意外地走进了粤语区，程肆是什么风格都喜欢的博爱类型，所以她慢悠悠地挨个浏览。

　　大概看得太专心了，加上唱片架之间的距离比较拥挤，程肆想俯身拿下面的唱片时，一个没留意，就撞上了她身后的男生。

　　"不好意思。"

　　"不好意思。"

　　程肆和男生两个人同时回头道歉，男生因为低头道歉，戴的宽松渔夫帽不小心掉在了程肆面前。

　　程肆离得近，想帮他捡起来，男生也探身去捡，然后两个人又撞到一起了。

　　程肆抬起头望男生，男生也望程肆，两个人不约而同笑了起来。

　　程肆快一步捡起来，她直起身，拍了拍上面的灰，把帽子递给男生。

　　男生满眼真诚地看着程肆道谢："谢谢程肆学姐。"

　　"啊？"程肆看着眼前的男生，一时想不起来在哪里见过，是以前麓湖的？毕竟在江夏她不可能认识学弟。

　　旁边的傅遇跟沈嚣注意到她这里的动静，已经围过来了。

　　男生看到傅遇和沈嚣围过来，也冲他们两位点了点头："学长好。"

　　江夏的？程肆更疑惑了，她吃惊地指指自己和傅遇、沈嚣问男生："你认识我们？"

　　"认识啊。"许岷皓笑眯眯地看着傅遇跟沈嚣，也准确地喊出了他们的名字，"傅遇学长，沈嚣学长。"

　　傅遇除了是班长，还是学生会成员，平时会去各个班检查，所以见过的面孔多，认识的人也多。

　　他很快喊出了男生的名字和班级："你是高一（2）班的许岷皓？"

　　许岷皓点点头："学长好记性。"

　　"你来买唱片啊。"傅遇跟他打招呼。

　　"嗯。"男生手里拿着几张唱片点头，"周末没事喜欢在附近逛逛。"

傅遇点了点头，没再说什么。

男生拿着唱片礼貌地指了指收银台："那我先去结账了？"

"好的，再见。"傅遇再点头。

"再见，学长。"男生冲傅遇和沈嚣礼貌地弯了弯腰，然后又单独看向程肆："再见，程肆学姐。"

程肆冲他也点了点头。

男生转身前，冲她又微笑了一下，加了一句："今天能遇见你，是最美丽的意外。"

傅遇："啊？"

沈嚣："啊？"

这个男生是在追他同桌吗？沈嚣从来没想过，有人竟然当着他这个校霸的面撩拨他同桌？

程肆倒没太在意，大概因为许岷皓长得太无攻击性了。男生是那种韩系少年范儿，细长的丹凤眼，微笑时眼睛微眯，整个人显得特别阳光特别甜，会让人不由自主放下心防。

加上这种话她听得也不算少，就跟男生对她说"程肆学姐你好漂亮"差不多的感觉吧，所以她宠辱不惊地回了句："谢谢。"

男生离开店后，她自然地转过头，跟旁边的傅遇和沈嚣感慨了一下："现在这些小弟弟小妹妹都还挺可爱。"

沈嚣心想：可爱个屁，男孩子笑起来有虎牙不奇怪吗？

傅遇波澜不惊地点了点头。

沈嚣撞了傅遇一下，不太高兴："他是谁？为什么认识我们？"

"……"

傅遇眼皮抬了一下："校霸，你要相信自己成为校霸并非浪得虚名。"

然后他又耐心地跟沈嚣和程肆讲了一下许岷皓的资料："他是高一

（2）班的班草，我记得他是因为上次检查，我刚好看到一个女生跟他表白，他拒绝得比较……呃，比较直接吧，所以我有点印象。"

"怎么拒绝的？"程肆有些好奇，"我耳朵说它现在有空想听听。"

傅遇被她的话逗笑了，他不是一个八卦的人，但看着程肆殷切地望着他，他就大概叙述了下那天的场景："那天大概是许岷皓生日，有个女生捧了个生日蛋糕给他庆祝，但女生刚说了句'生日快乐'，其他什么都没来得及说，他就直接打断女生跟她说：'我知道你喜欢我，但我不喜欢你，所以不要在我身上浪费时间，也不要浪费我的时间好吗？'他说话的时候笑得很温柔，呃……就跟刚刚差不多，但说完他从女生手上直接拿过蛋糕，丢在了旁边的垃圾桶里。"

"啊？这么冷酷？"程肆意外，很少能有男生笑起来会让人想到"甜甜"两个字，但许岷皓的笑就会让人觉得甜，完全看不出行事风格如此冷酷。

傅遇倒没轻易下结论："我也只看到了这些。具体原因我也不得而知，可能真实情况并非如此呢。"

沈嚣在旁边不温不火地补了一句："也可能真实情况比这更糟糕呢？"

傅遇："……"

三个人终于逛完了所有楼层，最后又回到了一楼。在傅爷爷常进书的店里，按书单提了货，四个纸箱，刚好把后座另一半位置放得满满当当的，还有一箱只能放在沈嚣腿上。

三个人本来没觉得逛了很久，但回到店里，又帮傅爷爷卸完货，整理完上架后，已经快中午了。

傅爷爷热情地想留他们吃饭，但程肆想起来忘了提前跟余姨说不回去吃饭，而沈嚣手机上，半个小时前，还有他妈发的微信，说他爷爷奶奶都在家里等他回老宅吃饭。

于是，两个人只好告辞，说家里留了饭。

傅爷爷也不好强留，只好不舍地叮嘱："那下次有空了再来爷爷这里吃饭。"

"放心吧爷爷，我过阵子一定要来尝尝爷爷的手艺。"

程肆嘴甜，哄得老人家很是开心，连声说："好，下次等爷爷老家送好吃的腊味来，我让小遇喊你们来吃。"

"没问题爷爷。""好的爷爷。"

程肆跟沈嚣连连应着，跟傅爷爷和傅遇告别了。

程肆回小区了，沈嚣在小区门口打车回老宅了。

程肆到家后发现，早餐已经不知不觉消化了，她闻到余姨做的饭菜的香味，竟然饿了。

她失笑，整个上午过得挺充实。

吃完饭后，她看到手机上显示有新信息，点开信息，其中有一半是班级群里的，她打开了勿扰模式。另一些来自私聊，序薇问她这两天要不要去逛街，她和几个女同学一起，想再约上程肆。程肆问什么时间，她说可以看程肆的时间。程肆说今天下午或明天下午吧。序薇说那不如今天下午好了。程肆想了想也行，今天玩一天，明天可以不用出门，安心写作业。于是程肆答应了下来。

还有一些私聊信息，她也都简洁地回复了大家。

然后她又点开好友栏里的几个新申请，一一通过。

在新申请里，她看到了傅遇。

她一眼认出了傅遇，因为傅遇的网名就是名字缩写 FY，头像是她在他手机里看到的，一缕阳光射进巷子的图片，巷子是暗的，唯有那缕阳光是亮的。

她点开他的资料，签名档：莫道浮云终蔽日，总有云开雾散时。

不管是微信朋友圈还是 QQ 空间里的动态，信息都很少，即使有，也都是他拍的那些风景图。程肆认真连看几张后，发觉傅遇拍的图片风格很固定，都是看似阳光，但又总带着一些孤单和忧郁的色彩。就像他的人一样，明明很温和，笑起来很明朗，却偶尔又会有清冷疏离感。

她看了一下傅遇的朋友圈和空间，又点开霸道总裁的朋友圈。

沈嚣开学时在她心里的冷酷校霸形象，现在俨然已经跌落神坛。

霸道总裁的签名档是：不聊天，很酷很嚣张。然后配了一个 QQ 企鹅的头像，不是任何自定义头像，就是 QQ 的那个正经企鹅。微信头像也是企鹅。

"……"

这难道不像一个憨子？如果程肆不是认识沈嚣，她是绝不可能相信这是校霸的签名和头像。

不过校霸的朋友圈和空间确实如签名所说，很酷——什么内容都没有。

她巡视完两人的空间，退了出来。

看到联系人里又出现了新申请。

她点开加上，是中午才起床的李卯卯。她刚通过他的申请，李卯卯就激动地跟她解释："仙女霸霸，我中午起床刚看到消息就立马加了你，不是故意晚加你的。"

她回了个可爱的表情说："我知道啦。"

李卯卯网上现实里都是话痨，她刚回过去，李卯卯就又给她连发两句，问她周末准备干吗，作业写了没。

她说下午跟序薇她们去逛街，作业明天写。

然后她把手机丢到一边去睡了，跟序薇她们约的是三点，所以她可以午睡一会儿再起来收拾出门。

周末就是这样在一天玩乐一天学习中一晃而逝的。

程肆为自己井井有条的安排沾沾自喜。

周末晚上，她终于写完了所有作业，也系统地温习了一遍功课。

她关了头顶的灯，只开了一盏小夜灯，坐在窗边的躺椅里闭目养神。

因为楼层高，所以从落地窗望出去，一望无际，毫无遮挡。

程肆闭着眼睛休息了一会儿，再睁开眼时，被吓得一哆嗦。

毫无遮挡的落地窗上，一个不知道是什么玩意儿的黑乎乎的影子贴在窗子上。

她摸起手边遥控器，打开了屋子里所有灯，然后她看清那个黑乎乎的影子，是一个蜘蛛侠公仔。她站起身走过去，蜘蛛侠虎视眈眈地趴在她的窗户上跟她四目相对。

"……"

这是哪里来的蜘蛛侠，她侧身顺着蜘蛛侠身上的绳索从窗口向上望去。

是楼上拍篮球的那个同桌的又一杰作？

她怀疑地拿起手机，看到十几分钟前，霸道总裁发给她的消息："你能看到蜘蛛侠吗？"

"嗯？"

"你看到了告诉我一声。"

果然是……

程肆举起手机，拍了一个照，发给沈嚣："你说的是它吗？"

周末晚上，沈嚣跟他爸妈一起从老宅回到了江畔公寓。

一到家，他妈就去帮他爸收拾出差的行李了。

他爸整天出差飞来飞去，反正大忙人一个，在家基本看不到他。

沈嚣觉得，他爸那些小三、小四、小五能看到他的时间，可能都比他这个亲儿子能看到的时间多。他不明白他妈是怎么忍受他爸的。以前不懂，现在也仍然不懂。

他一回家就钻进了自己的房间。

躺在床上时，他觉得人生格外无趣。

他不明白，以后他长大了，会过像他爸爸那样的人生吗？

不，他不喜欢。

可是他也并不知道自己喜欢什么。

他的房间里有许多漫威的人偶，他没事的时候就喜欢看看这些拯救人类拯救地球的英雄，可现实里哪有人类需要英雄去拯救呢？

平时玩得好的那群狐朋狗友在群里侃天侃地。

他无聊地浏览了一下群消息再退出，然后看到这两天新加上的柠果小丸子。

不知道他的丸子同桌这两天在干吗，哦，他知道。李卯卯说了她昨天跟班上女生去逛街了，今天写作业。现在应该写完了。

他点开了程肆的朋友圈和空间，看了一下。

她确实是一个热爱生活的女同学。

空间里有许多照片，跟她手机分类一样，有她和朋友的合影，有她自己的，有她喜欢的图片，有她拍的美景，跟她的网名柠果小丸子一样，都是明明亮亮的。

留言板上满是各种留言。

不过所有动态都停在一年前。

是爸妈离婚了吗？他想到开学时程肆跟她爸爸的对话，揣测了一下。

他无聊地拿起手边的遥控器，按了几个键，他墙上的蜘蛛侠公仔开始移动，他操作着它顺着墙，移动到了他床头。

这是他以前无聊时改造过的一个公仔，有飞檐走壁的功能。

他想了想，忽然拿着它打开窗户，把蜘蛛侠放在窗户边，想了想怕有什么意外情况，又拿着它回柜子边找了一个绳索，把它系到自己和蜘蛛侠的腰上。然后才又把它放在窗户上，他拿着遥控器操作着蜘蛛侠在外面的窗户上飞檐走壁。

他不知道程肆的房间，只能先根据自己家的布局，让蜘蛛侠下到自己房间下的房间窗户上。

然后他拿起手机给程肆发了一条信息："你能看见蜘蛛侠吗？"

但程肆没回他，他又连发了两条过去，程肆都没回。

沈嚣坐在电脑边，看了一会儿资料。

手机响时，他腰上还系着绳索，他看到程肆拍给他的蜘蛛侠问："蜘蛛侠在你什么方位？"

程肆："在我房间窗户外面。"

那看来他们两个的房间方位是一样的。

沈嚣发："你打开窗户。"

"开了。"

沈嚣开心地拿起旁边的对讲机问："你在干什么？"

程肆站在窗户边，突然听到那个憨憨的蜘蛛侠发出沈嚣的声音问："你在干什么？"她差点伸手把它推下去。

她瞪着蜘蛛侠问："我说话你可以听到吗？"

蜘蛛侠传来沈嚣低低的笑声："可以啊，你说，我听着。"

"这是什么？"程肆问。

"一个我改造过的公仔，可以飞檐走壁，可以对讲。"

"……"

程肆观察着它："还可以干吗？"

"主要看你具体想让它干吗，可以想办法给它添加功能。"

什么？

程肆："那你现在可以看到我吗？"

"不能，但如果你希望它有，可以给它添加可视功能。"

程肆平时不爱拉窗帘，她想到如果蜘蛛侠能看到她，那她假如洗澡出来，蜘蛛侠突然出现对她说"嘿，同桌"，那场景也太过惊悚……

她立刻摇头："倒也不必，它这样已经完美了。"

沈嚣听到她的夸奖笑了笑。

"沈嚣，你干吗？"两个人正说着话，程肆突然听到那边传来一个中气十足的陌生男声，声音里一片惊慌。

沈天成正准备出门，出门前走进儿子的房间，想关怀一番，维系一下父子关系，但一眼看到沈嚣腰上绑着的绳索，绳索又垂到窗外，他吓了一跳，一个箭步冲到沈嚣身边紧箍住沈嚣的手臂厉声喝问："你想干吗？"

随之走进来的沈妈妈看到这样的情形，心跳也骤然加速。

沈嚣看了看他兴师动众的爸跟妈，遥控着蜘蛛侠让它往上面走。

当他爸妈走到窗边往外看时，他们已经看到爬到了窗边的蜘蛛侠。

"……"

沈天成对自己儿子表示无语，他知道儿子自小动手能力强，喜欢折腾组装一些稀奇古怪的东西。他把蜘蛛侠拽进来谨慎地问："这是什么？"

沈嚣说："我试试它能不能在外墙上飞檐走壁，又怕它掉下去，所以就拉了个绳索绑住它。"

沈妈妈这才放下心来，手在心口直拍："你把妈妈吓死了。"

沈嚣嘴角一动，看了他爸一眼，一副玩世不恭的口气："怎么？你们怕我自杀啊？放心吧，祸害遗千年。"

沈天成把蜘蛛侠塞到沈嚣手里，没好气地说："你在家里随便玩，别放外面干扰到邻居。"

沈妈妈边解沈嚣腰间的绳索边说："去送送你爸爸。"

"他多大人了，还用我送？"沈嚣站着不动。

沈天成直接一把揽住沈嚣的脖子往外走。

沈妈妈在背后看着老公和儿子高大的背影，笑着摇了摇头。

虽然自己的婚姻在儿子眼中，早已千疮百孔，但对她来说，其实平和安然，因为她早在同沈天成结婚时，就做过所有情况的预设，所以在小三、小四、小五出现后，她心知肚明，并且也从未打算过离婚。

唯一的意外是沈天成没掌控好局面，导致小三怀孕，被沈嚣发现，青春期的叛逆骤然而至。沈天成在这件事上对他们母子也颇感愧疚，所以近几年来对她更是尊重，温存顺意。他们商人的世界里，让人可以平等对话的，不是爱情，而是能力和利益关系。

程肆看到蜘蛛侠跟喝醉似的一蹦一蹦上楼后，跟沈嚣发微信问："发生什么事了？"

沈嚣被他爸揪进电梯里时，看到了消息，给她回："我爸妈看我绑的绳索以为我要跳楼。"

程肆笑了起来，怪不得沈爸爸的语气那么惊慌失措。

她放心地收起了手机，去洗漱准备睡觉了。

沈嚣送完他爸从停车场回来，看到程肆没再回复，又看了下时间，估计她休息了。他还很精神，索性打开题库做起了题。

人与人之间不相识时，即便擦肩而过也不一定会留有深刻印象。

一旦相识，便变得随处可见起来。

在学校里没隔两天，程肆就碰到了之前在图书批发市场遇见的那个笑起来很甜的学弟。

那天下课，程肆跟序薇等人在超市买东西，许岷皓也被一群男孩子簇拥着走进来。那群男孩子一到超市就四散开来，好像是许岷皓请客，男孩子们热热闹闹地边挑东西边喊着要宰他。

许岷皓看到她，粲然一笑，跟她打招呼："学姐好。"

仿佛上次碰到，两个人已然认识那样自然。

"你好。"程肆也亲切客套地回复。

序薇在旁边看到许岷皓，揽住程肆的手臂偷眼打量，雀跃地问："这人是谁？好帅，他一笑我觉得心在跳。"

序薇捂住心口做羞涩状。程肆看到她这个样子，笑了，她很怕序薇此前在于驰骋那里受到伤害后很难再走出来，但序薇比她想象的要洒脱。

她告诉序薇："是高一的学弟，我也不太认识，也就打过照面。"

程肆挑了包饼干和一瓶水去结账。

轮到她时，她刚把东西放在收银台上，许岷皓就从后面把一堆零食都放在了收银台上，和她的混在了一起。他说："学姐，一起吧，我请你。"

程肆回过头，就看到许岷皓明媚的笑脸。

他身后几个男孩看到许岷皓的行为，怪声怪气地起哄。

超市其他买东西的人，不明所以地转头看向热闹处。

"嚣宝，你想喝什么？"

吃完饭李卯卯想去超市买饮料，沈嚣双手插袋懒洋洋地跟在李卯卯和周星野身后，刚跨进超市就听到了起哄声。

沈嚣在收银台排队的人群里，一眼看到了他同桌。

"仙女霸霸。"李卯卯也看到了，热情地跟程肆打招呼。

沈嚣又瞥了一眼，看到了程肆身后的……嗯？这不是那天遇到的叫许什么皓那小子吗？

而且很明显，起哄声来自那小子身后，起哄的目标就是那小子跟程肆。

"谢谢学弟。"程肆冲许岷皓大方地笑了笑，仍是客气地从那堆零食中，挑出了自己的水和饼干，递给收银台的阿姨说："我自己买就好啦。"

许岷皓身后的朋友起哄："学姐，你就给我们皓哥一个机会吧，他可从来没这么主动想帮女孩子买单。"

沈嚣立刻听明白原委了，他沉默又不爽地看了许岷皓一眼。

然后他从超市门边饮料柜里随手拿了一瓶饮料，坦然地举到程肆面前："劳驾同桌一起买了。"

"……"

从沈嚣进来，许岷皓那群人就看到了这个全校闻名的校霸，不过因为并无交集，所以大家还是在跟程肆开玩笑。但沈嚣这个动作，让那群学弟都愣住了……

李卯卯也愣住了，他想捂脸……

看看人家男孩子，想给仙女霸霸买单，再看看他嚣宝，让仙女霸霸买单？

他该怎么掰开他嚣宝的脑袋看看里面是不是装了糨糊呢？

程肆倒波澜不惊，她喝过沈嚣的饮料，吃过沈嚣的蛋挞，还被沈嚣帮助，不要说买一瓶饮料了，就是买一箱也不是问题。

沈嚣递得顺手，她接得自然，回头还亲切地问李卯卯和周星野："卯卯，你们俩喝什么？我一起买了。"

说完她往后退了一些，让出空位，抱歉地对许岷皓说："你先来吧，我等等他们。"

"啊？"上一刻李卯卯还在鄙视他嚣宝让仙女霸霸买水，下一刻听到程肆省略姓氏直呼他名字，问他喝什么一起买单时，李卯卯突然有些飘飘然了。

那种感觉怎么说呢，他一瞬间竟觉得有些酥？特别是在这个抢着要帮仙女霸霸买单的男生面前，他突然理解了嚣宝刚刚的反向操作了。

他立刻从饮料柜里拿起两瓶饮料，连带周星野的那份，受宠若惊地递给程肆高呼："谢谢仙女霸霸。"

许岷皓并未有动作，虽然程肆客气地拒绝了他的好意，但他仍是好脾气地笑着，等着程肆接过李卯卯拿来的饮料，优先让她买了单。

已经买完单的序薇和班上几个女生站在超市门口等程肆，将这一幕尽收眼底，大家分别从对方眼里看到了八卦气息，低声开始咬耳朵。

一个女生说："我竟觉得校霸大佬棋高一着，看起来是让仙女买单，但显然是在向学弟展示两个人的关系。"

另一个女生说："可我还是更喜欢学弟的体贴，你看他笑起来眼里像有星星。"

序薇说："呜呜呜，这是什么该死而又甜美的争风吃醋的青春剧啊？"

一无所知的程肆："……"

图书在版编目（CIP）数据

偏爱 / 夏七夕著. -- 长沙：湖南文艺出版社，2021.9

ISBN 978-7-5726-0293-1

Ⅰ. ①偏… Ⅱ. ①夏… Ⅲ. ①长篇小说—中国—当代 Ⅳ. ①I247.5

中国版本图书馆 CIP 数据核字（2021）第 149724 号

上架建议：畅销·青春文学

PIAN' AI

偏爱

作　　者：夏七夕
出 版 人：曾赛丰
责任编辑：匡杨乐
监　　制：邢越超
策划编辑：柚小皮
特约编辑：万江寒
营销支持：文刀刀　周　茜
版式设计：梁秋晨
封面设计：@设计装帧粉粉猫
封面插图：Gua 老师
插图绘制：齐桑树　二月的灰灰　春念 YYT
出　　版：湖南文艺出版社
　　　　　（长沙市雨花区东二环一段 508 号　邮编：410014）
网　　址：www.hnwy.net
印　　刷：三河市中晟雅豪印务有限公司
经　　销：新华书店
开　　本：680mm×955mm　1/16
字　　数：185 千字
印　　张：14.5
版　　次：2021 年 9 月第 1 版
印　　次：2021 年 9 月第 1 次印刷
书　　号：ISBN 978-7-5726-0293-1
定　　价：49.80 元

若有质量问题，请致电质量监督电话：010-59096394
团购电话：010-59320018